八山
LE OTTO
MONTAGNE

〔意〕保罗·科涅蒂 著

沈萼梅 译

人民文学出版社
PEOPLE'S LITERATURE PUBLISHING HOUSE

著作权合同登记号　图字 01-2018-1547

Le otto montagne
Copyright © 2016 by Paolo Cognetti.
First published in Italy by Giulio Einaudi editore，Torino，2016.
This edition published in agreement with the Author through MalaTesta Lit. Ag.，Milano

图书在版编目(CIP)数据

八山/(意)保罗·科涅蒂著；沈萼梅译.—北京：
人民文学出版社，2018(2022.4重印)
　ISBN 978-7-02-014011-4

　Ⅰ.①八…　Ⅱ.①保…　②沈…　Ⅲ.①长篇小说-意
大利-现代　Ⅳ.①I546.45

中国版本图书馆 CIP 数据核字(2018)第 060945 号

责任编辑　朱卫净　杜玉花
装帧设计　钱　珺

出版发行　人民文学出版社
社　　址　北京市朝内大街 166 号
邮政编码　100705
印　　制　山东临沂新华印刷物流集团有限责任公司
经　　销　全国新华书店等
字　　数　150 千字
开　　本　889 毫米×1194 毫米　1/32
印　　张　8.125
版　　次　2019 年 5 月北京第 1 版
印　　次　2022 年 7 月第 2 次印刷
书　　号　978-7-02-014011-4
定　　价　75.00 元

永别了，永别了！可这居然是我，
对应邀前来喜宴的你说的：
好好地去爱，祈祷也会灵验，
无论爱人，鸟，还是野兽。

S.T. 柯勒律治，《古舟子咏》

目录

我的父亲有他自己上山的方式。不太深思熟虑，非常执拗冒失。他爬山从不掂量一下力气，总像在跟什么人或什么东西较劲儿似的，而且若他觉得哪儿的山路太长，就抄近路走极为陡峭的路线。跟他一起爬山时不许停下歇脚，不许因为饿了、累了或冷了而抱怨，但可以唱一支美丽动听的歌曲，尤其在雷雨天或浓雾弥漫的日子里，而且可以一头扎进茫茫雪原中大声吼叫。

　　我的母亲儿时就认识父亲，她说他当时爬山从来就不等任何人，一个劲儿追随山上更高处的什么人，因而自己必须得有一副铁脚板才能得到他的青睐。她笑着让人明白自己就是这样征服了他的。比起爬山，后来她更喜欢坐在草坪上，或者把双脚浸泡在一股溪水中，抑或去辨识山上花草的名字。即使在山顶上，她也更喜欢注视远处的山峰，遥想着少女时代见过的那些山，回想着青春年华曾与谁共度。而我的父亲在那种时刻，却觉得有些扫兴，只想赶紧回家。

我想，这是对于同样的乡愁截然不同的反应。父母是三十年代中期进城的移民，当时他们离开了威尼托的农村——母亲出生在那里，父亲是战争的遗孤，也长在那里。他们最早见到的、初恋时的山脉是白云山——在他们的言谈中总不时提及白云山这个名字。当我尚十分年幼无法听懂他们的谈话时，就总是听到某些字眼，那么清晰，如雷贯耳般，意味深长。卡蒂纳乔、萨索伦戈、托法内、玛尔莫拉达——只要父亲提起这些山头中的某一个名字就足以令母亲两眼发光。

那是他们相恋的地方。过了一段时间，我又听说在他们还年幼时，是一位神父最早把他们带到那里去的，而且后来也是由那位神父给他们完了婚，在拉瓦雷多山脚下那座小教堂前，那是一个秋天的早晨。那山上的婚姻，是创建我们家庭的谜。姥姥和姥爷反对这门婚事，不知出于何种缘由。婚礼就只请了几位朋友，新婚夫妇穿着风雨衣，就在阿乌隆乔山中旅店的一张双人床上过了新婚之夜。格雷德峰壁上白雪皑皑。那是一九七二年十月的一个周六，那一年以及以后许多年，登山的季节就不再有了：第二天，他们把登山靴和朱阿夫式上宽下窄的裤子装上车，连同她怀着孕的身子，以及他受聘的合同，一起去了米兰。

***

　　沉着镇静并非我父亲在乎的一种美德，但在大城市里，这种美德比呼吸更有用。上世纪七十年代时米兰的一派景象是：我们居住的那座大厦朝向一条车水马龙的大街，据说柏油路下面流淌着奥罗纳河①。的确，在下雨天，街道会被水淹没，我想象着在道路的下面，河水在黑暗处吼叫、上涨，直至从下水道的盖子溢出来。然而，还有另一条河流，那是由汽车、货车、摩托车、卡车、公共汽车、救护车汇合而成，来往不绝。我们在高处，住在第八层。街道被两排相对称的楼房挡住，放大了从街上传来的噪声。有几天夜里，父亲实在忍受不了，从床上起来，打开了窗户，像是想责骂城市一番，命令它安静下来，抑或想把滚烫的沥青泼在它身上；他在窗前待了一分钟，往下看，然后穿上外套走了出去。

　　透过窗玻璃，我们可以看到一大片天空。一年四季都

---

① Olona：波河的左边支流，流经米兰。

能看到蓝天白云，飞翔的鸟儿不时划破天际。母亲执意在一个被烟熏黑的小阳台上种植花草，多年的雨淋得阳台上长满苔藓。她在阳台上照看着绿色植物，同时跟我讲起她生于斯长于斯的乡下八月份的葡萄园，讲起挂在烘干炉杆子上的烟叶，抑或那些芦笋——为了保持鲜嫩白净，得在其抽芽之前摘下来，因此须有一种不凡的眼力在尚未出土时就看到它们。

如今她的那种眼力却完全用在另一种地方了。她在威尼托大区当过护士，然后，在米兰的榆林区获得一个医务人员的职位，从事社会福利工作，那小区处在城市西郊的平民住宅中间。这所刚刚创立的机构，就如同她工作过的家庭诊所，帮助怀孕期间的妇女，随后关注新生婴儿长到一岁为止：这就是我母亲的工作，而且她喜欢这份工作。那里只是他们派遣她去干活的地方，对她却像是一种使命。那一带的榆树可真是太少了；住宅区的地名志上标出了胶凯木大街、云杉大街、落叶松大街、白桦大街，听起来十分好笑，因为那里只有一幢十二层高的简易楼房，充斥着各种糟糕的事情。母亲要做的工作中有一项是去检查婴孩成长的环境，几次巡查完毕后，她深感震惊，好几天都无法平静。在最严重的情况下，她不得不向未成年人法院告发。到这样的地步，除了遭受到相当重的责骂和恫吓威胁以外，她还得付出很多艰辛，而她却深信不疑地认为这样做是正确的。她并非是唯一坚信不疑的人：社会福利救济人员、教育工作者、小学教师与她有着一种深厚的协作精神；一种女性对孩子的集体责任感，把她们紧密联系在一起。

父亲却总是很孤僻。他在一家拥有一万名工人的工厂里当化工技师，那里经常不是闹罢工就是解雇员工，而无论厂子里发生什么，晚上他总是满腹怨愤地回家。晚餐时他老是默不作声地盯着电视新闻看，手里悬空拿着餐具，仿佛随时等着爆发另一次世界大战。而且如果听到消息说有某人被杀害致死，或者某个政府陷入危机，或石油价格上涨，或发生炸弹爆炸而指使人不确定，他都会自言自语地咒骂。与应邀来访的不多几位同事一起在家里时，讨论的议题几乎总是政治，结果还总是以吵架收场。跟共产主义者他搞反共，跟天主教徒他搞激进，跟所有力图把他归为教会或某个政党组织的人，他就搞自由思想家的把戏；不过，那时并非思想上能摆脱强制压抑的时代，而过了一阵子父亲的同事们就停止上门来访了。他却继续去工厂，仿佛每天早晨都得蹲入战壕里似的。看到他每天夜里无法安眠，过分用力抓紧每件事情，用耳塞堵住耳朵，吞服治头疼的药片，忍耐不住就火冒三丈，为了尽到妻子的责任，当时母亲就采取行动安抚他，缓和父亲与世界之间的冲突。

***

在家里他们还是讲威尼托方言。在我听来，这是他们俩之间的一种秘密语言，一种先前的神秘生命的回音，一种昔日的残痕，就如同我母亲摆放在家门口小桌子上的三张照片。我经常驻足观看那几张照片。第一张是她父母亲在威尼斯拍摄的，那是他们唯一一次旅行，是姥爷送给姥姥的银婚礼物。第二张是全家福，葡萄收获季里照下来的：姥爷、姥姥居中而坐，三个姑娘和一个少年蹲在他们脚旁，背景是打谷场上装满葡萄的篮筐。第三张照片中是唯一的儿子也就是我的舅舅，他微笑着跟我父亲一起站在山顶的十字架旁，肩上盘卷着一根绳子，穿着登山服。舅舅英年早逝，为此，我取了他的名字，尽管我是彼得罗（Pietro），而他在我们的家庭语汇中叫皮耶罗（Piero）。可是照片中所有那些人没有一个是我认识的。从来没有人带我去找过他们，而他们也从未来过米兰。母亲每年有几次乘火车周六早晨去，星期天晚上回来，回来时神情比出发时还要忧伤，然后她尽力排遣忧郁的心情，继续生活。有太多的事情要做，有太多的人须关怀，没有精力多愁善感。

然而，昔日的一幕幕总是出其不意地冒出来。有几个早晨，母亲驾车送我到学校的途中，上诊所途中，或送我父亲上工厂的途中，她会哼唱起一首旧时的歌曲。有时她在途中唱起歌曲的第一段，过一会儿父亲就跟着她唱下去。那些歌曲都是大战期间以高山为背景创作的：《军用列车》《苏加纳①》《上尉的遗嘱》等。这些故事如今我也都很熟悉了：出发上前线时二十七个人，仅有五个人得以返回家园，在皮阿维河流②那里，为一位母亲留着一个十字架，她也许迟早会去寻找它；一位远方的恋人等待着、叹息着，然后不再等待，嫁给了另一个男人；献给死者一个吻，为自己企求一朵鲜花。这些歌曲的歌词中，有当地的方言，这样，我就懂得，它们是父母亲以往的生活中带来的，不过，我也直觉到其中某些不同的、非同寻常的东西，也就是说，那些歌曲是在述说他们两个人，谁知是以怎样的方式。我只是明白，是述说他们俩自己的事情，否则难以解释他们的歌声中如此清晰地透露出来的那种感动。

还有，在秋天或春天，少有的刮风日子里，在米兰街道的尽头，隐约现出远处的山脉。拐过一个弯，在一座立交桥上，突然，父母亲的目光很快会聚向那里，无需相互指点。山峰白茫茫一片，天空异常湛蓝，一种出现了奇迹似的感觉。在城市里，工厂一片纷乱扰动，民间住宅拥挤不堪，广场上的冲突，受虐的儿童，未婚妈妈；山上却是皑皑白雪。于是母亲问那是什么山，而父亲却环顾四周，

---

① Valsugana，苏加纳山谷，意大利东北方特兰提诺-阿尔托-阿迪杰大区的山谷，处于布伦塔（Brenta）河上游。
② 发源于阿尔卑斯山，是威尼托大区的河流，220公里长。

像是在城市地图上给指南针定方向。这里是什么，蒙扎大街，扎拉大街？那么，就是格里纳山①了，他考虑了片刻后说道。我明白正是她。我对那个故事记得很清楚：格里纳是一个姑娘的名字，她十分美丽而又残忍，用箭射死了爬上山向她求爱的骑士，于是上帝把她变为山头惩罚了她。而如今她落在车子的挡风玻璃中，供我们三人欣赏，每个人都沉浸在一种不同的、无声的思绪之中。然后，红绿灯一闪，一个行人跑着穿过马路，有人在他身后按喇叭，我父亲骂了一句，然后仓促挂挡，加速离开了那美好的一刻。

＊＊＊

到了七十年代末，当时的米兰烽火连天，父母亲他们穿上了登山鞋。他们不是朝向当初来的东面，而是朝西，像是继续逃跑，朝向更高更峻峭的山头：朝奥索拉、瓦尔塞西亚、瓦尔达奥斯塔而去。后来母亲对我讲，她当时第一次感到有一种意料不到的压迫感。相比威尼托和特兰提诺的温馨的大山轮廓，她觉得西边的那些山谷似乎像山峡口那样，是那么狭小、阴暗和闭塞；崖石是湿润的，黑乎乎的，到处流泻着水涧和瀑布。怎么有那么多的水呢，她

---

① Grigna，米兰北部科摩湖东边的阿尔卑斯山系，最高海拔2410米。

想。这儿应该下过很多雨。她没意识到所有那些水都发源于一处非凡的源头，她与我父亲正是朝那个源头而去。他们重新爬上山谷，直到登上相当的高度重又见到阳光：大山的风光一览无余，突然，眼前出现了玫瑰山头。一个北部世界，一种永恒的冬天，笼罩在夏季的牧场上。母亲被这景象吓住了。父亲却说，这就像是发现了另一种层次的伟大，抵达了人类的大山，重新投入巨人大山的怀抱之中。他显然是对它一见钟情了。

我不认识那天抵达的确切的地方。谁知道是不是马斯库涅亚加、阿拉涅亚、格雷索内依或阿亚斯。当初我们每年都转移迁徙，跟随父亲不安定的流浪生活，围绕着他征服的大山转悠。除了山谷，我记得我们还有家，如果可以把它称为家的话：在野营地上租一所平房，或是在某个村子的膳宿公寓租一个房间，逗留上两个星期。从来就没有足够的空间让那些地方变得舒适，也没有足够的时间让人喜欢上什么，而父亲对这些事情毫无兴趣，都察觉不到。一到那里他就马上换上衣服：从包里取出格子衬衫、绒裤、厚毛衣，重新按照原来的打扮变成另一个人。他辗转在山间小路上度过自己短暂的假期，一清早就出门，晚上或者第二天才回家，风尘仆仆，脸被太阳晒黑了，疲惫不堪却喜形于色。晚餐时跟我们聊小羚羊、羱羊，描述露天宿营的夜晚、布满繁星的天空，八月份也会降下的白雪，当他说到真正高兴处时，最后一句总会说：我多么愿意你们当时能与我在一起呀。

事实上母亲一直拒绝登上冰山。她对冰冻的山川有着一种固执的非理性的惧怕心理。她说，对她来说，山脉达到三千米高就该终止了，那是她所钟爱的白云山的高度。她更钟情两千米高的大山而不是三千米——那里有牧场、山涧和树林，而且她也十分钟爱一千米的高原，以及那里依仗树木和岩石为生的山村生活。当父亲外出时，她总喜欢带着我出去溜达，在广场上喝杯咖啡，坐在草坪上给我读一本书，或跟过往的人聊天。对我们不断的移居生活她相当痛苦。她真希望有一个属于自己的家和一个可以回归的家乡，经常向我父亲提这个要求，而他总是说，除了交米兰的房租，没有钱交付另外的租金了。她提出一个可以考虑的租房价格；最后他答应着手去寻找。

晚上，收拾好残羹剩饭之后，有一次，父亲把一张地形图铺展在桌子上，开始研究次日上山的路。他身边放着一本意大利登山俱乐部的灰色小册子，以及半杯不时呷啜一口的烈酒。母亲享受着自由自在的角色，坐在沙发椅或床上，沉浸在某部小说之中：她在小说中消融了，一个小时，两个小时，似乎已身处异乡。于是我爬到父亲的膝盖上看他在做什么。我发觉他那么快乐，那么富有表情，与我所习惯的城市里的父亲形象完全相反。他很高兴地给我看地图，并且教我如何看。他一一指点，这是一条小溪，这是一面小湖，这是一片高山放牧者居住的棚屋。这里你可以从颜色分辨出树林、阿尔卑斯高山草原、石砾堆、冰川。这些曲线标志着高度：曲线越密，山脉就越陡峭，直到无法攀登；这儿曲线较稀疏的地方，坡度就较为缓和，有小路通过，你看到了吗？这些标出高度的点，就是山的顶峰，我们要去攀登的就是顶峰，只有当我们抵达了无法再攀登的地方，我们才下山。你明白吗？

不，我不明白。我得见到它——那个给他带来那么多快乐的世界。几年之后，当我们开始一起去登山时，父亲总说他清楚地记得我曾表露出来的天赋。一天早晨，当母亲还在熟睡时，父亲正准备出门，他就在我跟前系登山鞋带，我则已经整装待发，要跟随他而去。我在床上时就准备好了。黑暗中我吓了他一跳，好像我比他还大六七岁似的。在他的叙述当中，我已经成了以后会变成的那个样子——一个成熟孩子的预兆，一个未来的幽灵。

他当时问我，你不想再睡一会儿？声音很低，不想惊醒我母亲。

"我想跟你一起去。"这是我的回答，或者是他认为这样，但也可能仅仅是他愿意回忆起来的话语。

第一部分

童年的大山

1

　　格拉纳山村坐落在那些河谷的一个旁支中，途经那里的人都不知晓，好像是一个微不足道的去处。在它的高处是铁灰色的山峰，下面是挡着入口通道的一道悬崖峭壁，悬崖上一座塔的残垣俯视着已荒芜的田野。一条挖好的土路从这地区的公路分岔出来，绕着弯儿陡直地伸向高塔脚下。然后，越过高塔，向前缓伸，在山侧转弯，进入半山腰的峡谷，一直延伸至高山草原。我们进入那条山路是在一九八四年，七月份，正值人们在草原上收割干草。峡谷比从下面看上去时显得更为宽阔，在背阴面全是树林，朝阳那面则是梯田。山下的灌木丛中流淌着一条山溪，我时不时地瞥见溪水在闪烁，那是格拉纳小山村最令我喜爱的东西。当时我正在读探险小说，是马克·吐温引导我爱上了河流。我想过在河里可以钓鱼、下水游泳，砍断几棵小树建个木筏——我沉醉在这些幻想之中，竟没有发觉转过一个弯后出现在眼前的山村。

"就是这儿，"母亲说道，"你开慢点儿。"

父亲放慢了车速。打从我们出发以来，他一直乖乖地遵循母亲的指示。车辆在掀起的尘土中左右颠簸，我长时间地望着牲口圈、鸡舍、树干架起的草料房、焚烧过或倒塌的废墟、路旁的拖拉机还有打包机。颈上系着响铃的两只黑狗从一家院子里突然蹿了出来。除了几间比较新的房屋，整座山村像是用清一色的灰色山石建造起来的，如同因古时候的一次塌方而露出地面的一大块岩石，依傍在山崖上。稍稍往上看，母山羊在那儿安详地吃着草。

父亲什么也没说。是母亲自个儿发现了那个地方的，她让父亲把车停靠在一片空地上，就从车上下来，去寻找房子的女主人，同时我们卸下了行李。一只狗狂吠着向我们迎来，父亲做了个我从未见他做过的动作：他伸出一只手由着狗嗅完，跟他说了一个亲切的词语，并且亲抚了它的耳朵。比起与人打交道，也许他与狗更有缘分。

"怎么样？"他解开行李袋的松紧带时问我道，"你觉得如何？"

我本来想回答说："美极了。"而在我刚下车，满怀着种种期待时，一股干草牛棚味、木料的煳味，夹杂着呛人的烟味，抑或还有别的什么气味，一起冲我袭来。不过，我不知我这么说是不是正确的回答："我觉得不坏，您觉得呢？"

父亲耸了耸肩膀，抬眼望向行李箱上方，看了一眼我们面前的木屋。屋子朝一边倾斜着，若是没有两根支撑着它的桩子，肯定会倒塌。屋子里面堆着几大包干草，干草包上有一件牛仔衬衣，看来是某个人脱下来忘在那里了。

"我是在这样一个地方成长起来的。"他说道，我不明白那是种美好还是痛苦的回忆。

他抓住了行李箱的把手，打算把箱子取下来，不过，随后他脑海里浮现出另外一件事。他看了看我，冒出一个十分令他开心的念头。

"在你看来，往事可以重现吗？"

"很困难。"谨慎起见，我说道。他总是让我猜这一类难以捉摸的事。他看到我身上具有他同样的聪慧，既有逻辑又精确，总觉得自己有义务考验我一下。

"你看那条溪流，看见了吗？"他说道，"我们权当那溪水就是流逝的时光。如果我们所在的这里是现在，那么，你想想，将来在什么地方呢？"

我考虑了一番。这似乎很简单。我做了最自然的回答:"将来就是水流去的地方,就在下面那儿。"

"错了,"我父亲判断说,"幸好是这样。"然后他如释重负似的说:"哟!"——他把我举起来的时候也总这样说,这时两个行李箱中的第一个掉落在地上了,发出一种沉闷的响声。

母亲租下来的房子坐落在村镇的高处,在一个被牲口饮用的水槽围绕的院子里。房子带有两种不同渊源的标志:首先是墙垣,发黑的落叶松的阳台,覆盖着苔藓的屋顶,煤烟熏黑的粗大烟囱,这是一种古老的渊源;其次仅仅是老旧的渊源。那是一个屋子里的地板上铺着亚麻油毡布的时代,墙壁上挂着各种花卉贴画。固定在墙上悬空挂着的小柜,洗碗池的厨房,所有的物件上都已长了毛,褪色了。唯有一件东西挺抢人眼球,那是一只生铁制的黑色炉子,威严又厚实,带有黄铜把手,有四个煮饭生火的灶眼。应该是从另外一个地方收来的,而且还是另一个年代的产物。不过,我想,母亲更喜欢当时尚未曾有过的东西,因为她找到的其实是一个几近空荡荡的屋子。她问房子的女主人,我们是否可以整理一下屋子,女主人只回答说:"你们随便怎么整理都行。"那房子已多年不出租了,当然,她没料想到那年夏天能租出去。她有些粗鲁,但并不失礼。我想她当时是有些尴尬,因为她正在田里干活,没来得及更衣。她交给我母亲一把硕大的铁钥匙,最后向她解释如何使用热水，在稍稍婉拒了一番之后，她接受了母亲事先准备好的信封。

父亲早就不待在屋子里了。对他来说，哪儿的房子都一样，而且第二天他就得上班。他到阳台上去抽烟了，双手搭在粗木制成的栏杆上，双目望着山顶。他仿佛在琢磨得从何处着手。女主人走后，他回到屋子里，这样他就避开了寒暄，同时，他的神情骤然凝重起来。他说要出去买午餐吃的东西；他想在日落之前驾车离开。

***

父亲一走开，母亲就在那个房子里重又按照她原先的生活起居行事了，那是我从来不知道的。早晨一起床，她就把柴火堆在炉子里，把一张报纸搓成团儿，拿一根火柴在铁炉子的毛糙部位蹭擦。她对弥漫在厨房里的烟毫不在意，既不管熏热了屋子里我们的被子，也不管壶里溢出来的牛奶在炽热的炉面上烧煳了。早饭给我吃涂了果酱的烤面包。她在自来水管底下给我洗澡，冲洗我的脸、脖子和耳朵，然后，用一条抹布替我擦干，并把我打发到屋外：她是让我出去吹吹风、晒晒太阳，使我最终能丢掉一些在城市里娇生惯养的习气。

在那些日子里，山溪成了我探险的领域。那里有两道界线是我不能逾越的：上方有一座小木桥，过了桥，岸就变得更加陡峭，而且收缩成一条峡谷，下面崖石脚下有矮树丛，溪水从那里流至谷底。母亲从房子的阳台上可以监控到那段溪流，而且整条溪流都可以看到。溪水刚开始是湍流而下，溅起一连串的泡沫，我从巨大的岩石间探头望见水底泛出的银色反光；随着溪水流至下方，流速放缓了，像是从青年变为了成年人，而且分了岔，分割成一些小岛，由白桦树拓植而成，我可以跳跃着穿过那些小岛抵达对岸。再往前又是一片纵横交叉的树木，构成了一道屏障。在那里有一道悬崖上的裂缝，在冬天泥石流把树干和枝杈冲下来，如今它们腐烂在水里了，但对于那时发生过的事情，我一无所知。在我看来，那是山溪生命中所遇到过的一个困难时期，它曾经在此停留，变得晦暗。每次，我最后都坐在这里，望着荡漾在水面下的水藻。

沿着溪岸有一个小男孩在草地上放牧母牛。据我母亲说，他是房东太太的外甥。他手里总拿着一根黄色的棍棒，是塑料做的，带有弯柄，用来从一侧赶母牛朝青草茂盛的下游走。那是七头奶牛，身上有栗色斑纹，年轻又不安分。当它们径自乱走一气时，小男孩就叱责它们，时常在一头奶牛后面追赶着，一边咒骂着。放完牛要回来时，他又爬上山坡，转身用这样的吆喝声招呼它们："噢，噢，噢"，或者是"哎，哎，哎"，直到母牛很不情愿地跟着他回到牛棚。他常常在牧场上席地而坐，从高处监视着它们，用一把折叠小刀子削一块小木头。

"你不能待在那儿。"他说道，那是他唯一一次跟我说话。

"为什么?"我问道。

"你踩了草。"

"那我能待在哪里呢?"

"那边。"

他指着溪水的另一岸。从我所在的地方，看不到怎么才能走到对岸，但我不想问他，也不想与他商量从他的草地上通过。我就这样踩进溪水里，连鞋子也没脱，竭力想在水流中站直身子，并且想表现出没有任何迟疑，仿佛涉水过河对我来说是家常便饭。过了河，我坐在一块岩石上，裤子全湿透了，鞋子滴着水，可是，当我转过身子时，那男孩不再理会我了。

我们就这样过了好几天，他在溪水的一边，我在另一边，相互都不屑看上一眼。

"为什么你不去结交个朋友呢?"一天晚上，母亲在炉子跟前问我道。屋子里充斥着多少个冬天积攒下来的寒气，我们点燃了炉火吃晚餐，之后，又围坐在炉子旁取暖，直到上床睡觉的时刻。我们俩各自读自己的书，翻过一页又一页，不时地拨旺炉火，活跃我们之间的谈话。黑色的炉子倾听着我们。

"可我该怎么做呢?"我回答说，"我不知道说些什么。"

"你可以问候他。问他叫什么名字。问他那些母牛叫什么。"

"好的,晚安。"我说道,假装正沉浸在阅读之中。

在与他人相处这方面,母亲比我有一套。由于村子里没有商店,当我在探察小溪时,母亲却发现了可以买到牛奶和奶酪的牛舍、出售某些蔬菜的菜园子,以及能搞到废木料的锯木厂。她还跟牛奶制品厂的小伙子协商好,让他给她捎面包和购置的物品,那小伙子早上和晚上都驾驶货车回收牛奶桶。不知怎么回事,一星期之后,她在阳台上挂起了花盆架,在上面种满了天竺葵。如今,我们的房子从老远处就能辨认出来,我已经听到过格拉纳镇上不多的居民喊她的名字向她问候了。

"反正没有关系。"片刻之后,我说道。

"什么没有关系?"

"交朋友。我也喜欢自己独处。"

"是吗?"母亲说道。她抬起双眼,脸上没带微笑,仿佛这是一个十分严肃的问题。她又问道:"当真是这样吗?"

于是,她决定帮助我。不是所有的人都有相同的想法,但是母亲却坚定地认为有必要介入他人的生活。几天之后,就在那间厨房里,我发现那个放牛的小男孩正坐在我的位子上吃早餐。说实话,我在见到他之前,就闻到了他的气息,因为他身上带有牛棚的味道,干草、凝乳、湿润的泥土、燃烧的木头的味道,对于我来说,从那时起这些就是大山的味道，是我在世界上任何一座山里都找得到的。他叫布鲁诺·古列尔米纳。格拉纳小镇上人人都姓古列尔米纳，这得说明一下，但名字布鲁诺只属于他。他比我大几个月，因为他生于一九七二年，但是在十一月份。他吞食着母亲给他的饼干，好像长这么大从未吃过似的。最近的一次发现是，在山下牧场的时候，不仅我在研究他，他也在研究我，尽管我们俩都假装无视对方。

"你喜欢激流，真的吗？"他问。

"是的。"

"你会游泳吗？"

"会一点。"

"会钓鱼吗？"

"我觉得不会。"

"你来，我给你看一样东西。"

他这样说道，从椅子上蹦了下来，我向母亲使了个眼色，然后，不假思索地跟在他后面跑。

布鲁诺带我去了一个我认识的地方，那里的溪水从小桥底下流过。当我们到了岸上，他低声命令我尽可能不要出声，隐藏起来。然后，他从崖石后稍稍探出头来，那样足以窥视溪流那边的动静。他向我做手势叫我等着。我等在那里时，望了望他：亚麻黄的头发，被阳光晒黑的脖子。穿着尺寸大小不合体的裤子，裤腿卷到脚踝骨上，耷拉着裤裆，像是一幅成年人的漫画像。他的行为方式也像个成年人，声音和手势透着一种庄重。他示意我赶上他，而我服从了他的命令。我从崖石探出头去，望着他注视的地方。我不知道该看什么：在水溪那边形成了一挂小瀑布，绿荫丛中有一口小水塘，也许水深至膝盖处。水在洼坑表面流动，倾泻而下的溪水激起层层涟漪。水塘边缘漂浮着一点泡沫，一根粗树枝横在水面，挡着腐烂的青草和树叶。这种景象微不足道，唯有溪水沿着山势往下流淌，每次都令我陶醉着迷，而我也不知为什么。

我仔细察看着洼坑，不一会儿，看到水面稍稍荡开了，而且发现里面有活的东西。一条、两条、三条、四条细长的影子张着嘴逆流而上，唯有尾巴微微沿水平方向摆动着。时不时有一条黑影骤然移开，停留在另一个点，时而又露出背部，并从水底下游回，但始终是朝着瀑布的方向。我们位于它们的下游，因此它们看不见我们。

"是鳟鱼吗？"我低声问道。

"是鳟鱼。"布鲁诺说道。

"它们总是在那里吗？"

"不总是。有时候它们会换洼坑。"

"它们要干什么呢？"

"觅食。"他回答说，在他看来，事情似乎再自然不过了。而我此时却正在学习。原先我总是想，一条往水里游的鱼儿，更容易顺流而下，而不是费力气逆水而上。鳟鱼为了坚持在水中不动，就用足力气摆动尾巴。我想知道它们寻觅什么吃。也许是那些在水面上飞舞的小虫子，它们像是落入罗网一样待在那儿不动了。我观察片刻，想了解得更多些，可布鲁诺突然按捺不住了：他腾地站了起来，挥动着双臂，瞬间鳟鱼就飞速游走了。我走过去看，只见鱼儿正从水塘中心向各个方向逃窜。再往水里看，见到的全是白色的卵石和湛蓝的水底。然后，我不得不离开那里去追布鲁诺，他正跑步登上山溪的对岸。

稍往岸的上方，一座房子孤零零地俯瞰着溪岸，看上去像是牧羊人住的小屋。它耸立在被阳光晒干的荨麻、荆棘和黄蜂窝中间，快要倒塌了。像那样的废墟，村子里比比皆是。布鲁诺把手放在石墙上，残破的墙垣连成一面满是裂缝的墙角，他抽身向上一跃，就到了屋子二层的窗口。

"上来呀！"他从上面探身说道。不过，随后就忘了等我，也许因为他觉得一点儿都不难，或者因为他压根没想到我需要帮助，或者只因为他已习惯如此，不管困难与否，每个人都得自己应付。我尽力模仿他。我感到手底下的石头粗糙又干硬，微微温热。我双手抓住窗台，往里面望去，见到布鲁诺正从阁楼的地板活门爬下去，有一架木梯子可通到楼下。我觉得自己已决意跟着他去到任何地方。

那里在半明半暗中，下面有一个被矮墙分隔成四间的屋子，空间大小都一样，像是槽池。空气中弥漫着一股子霉味和木头腐烂的味道。当双眼逐渐习惯黑暗后，我看到地板上散落着铁皮罐、瓶子、旧报纸、撕成条的破衬衣、脱了底的鞋子、部分生了锈的工具。布鲁诺俯身趴在一块磨光的白色大石块上，石块呈轮子形，搁置在房间的一个角落。

"那是什么东西？"我问道。

"石磨。"他说道。然后又补充说："水磨子的石头。"

我挨着他俯身察看。我知道什么是磨石，但我从未亲眼见过。我伸出一只手。这另样的石块冷冰冰、滑溜溜的，磨子中心长出了苔藓，留在手指肚上就像是绿色的泥土。胳膊因刚才攀缘留下了抓痕，有些灼痛。

"我们得把磨石竖起来。"布鲁诺说道。

"干吗？"

"这样它就能滚动了。"

"往哪儿滚？"

"什么往哪儿？往下面呀，不是吗？"

我摇了摇头，因为我不明白。布鲁诺耐心地向我解释道："我们把磨石竖起来，把它推到外面，然后扔到下面的山溪里。这样，鳟鱼就会从水里跳出来，我们就可以吃到鱼了。"

我觉得这个主意很宏大，却又难以实现。这块大磨石对于我们两个来说太重了。不过，一想到磨石滚动起来该是多美的事，而且想到我们自己居然如此能干，心里就美滋滋的，于是我决意不表示反对。该是有人已经这样尝试过了，因为在磨石下面，在石头和地板之间插嵌着伐木工人用的楔子。楔子插入的深度足以把磨石从地面上抬起来。布鲁诺捡了一根结实的木棒，一把铁锹柄，像敲一根钉子似的用一块石头开始往那条裂缝里敲击。当尖端嵌入缝隙里，就把下面的石头推挤到铁锹柄底下，并用一只脚顶住。

"现在你帮我。"他说。

"我该怎么做？"

我走过去站在他一旁。我们两个人得用身体的重量抬起磨石，把它往下面推。这样，我们就挂在铁锹柄上，当我的双脚离开地面时，就感到石磨动了。布鲁诺想出的办法是正确的，倘若用一种更好的杠杆，也许能奏效，但那旧铁锹木柄在我们的重压下，吱吱嘎嘎作响，最后突然断裂了，我们摔倒在地。布鲁诺的一只手受了伤。他嘴里骂骂咧咧地朝天挥动着那只手。

"你被弄疼了吗？"我问道。

"该死的石头，"他吮着自己的伤口，"我迟早会把你从这儿挪开的。"他沿着小梯子上去，怒气冲冲地从屋子上面消失了。过了不久，我听见他从窗口跳下去，跑掉了。

那天晚上，我躺在床上久久不能入睡。激动的心情令我无法合眼：我有过孤寂的童年，不习惯两个人共处。在这方面，我想我与父亲一样。不过，那天我却感受到了某种东西，一种突如其来的亲昵感，令我着迷，同时又令我害怕，如同在一片未名的领土上出现了一个突破口。为了平静下来，我在自己的头脑里寻找到一些形象。我想到了山溪，想到水塘、小瀑布，想到了为保持静止不动而摆动尾巴的鳟鱼，想到了被冲刷到别处的树叶和枝杈。然后，又想到跳起来跃向猎物的鳟鱼。我开始明白了一个事实，那就是对于河里的一条鱼来说，所有东西，都来自山，昆虫，树枝，树叶，任何东西。因此，它总是往上看，等待着应该来到的东西。我想，假如你浸入水中的那个点是现在，那么过去就是越过你流去的河水，那朝低处流去的溪水，以及不再有任何属于你的东西的地方，而将来就是从高处流下来的水，带着凶险和惊喜意外。过去是在下游，将来是在上游。这就是我本该回答父亲的话。无论命运是什么东西，它就居住在我们脑袋上方的群山之中。

随后，这些思绪也慢慢地消失了，而我静坐聆听着。如今我已习惯了夜间的响声，能够一一辨别出它们。我想，那是泉水声，牲口饮水池里发出来的；这是一条狗身上的响铃声，它夜间在外面溜达；这是格拉纳山村里唯一的街灯发出的嗡嗡声。我自问道，布鲁诺躺在他的床上是否也听得到同样的响声呢？

母亲在翻阅书本，炉子发出的噼啪声催我进入梦乡。

***

七月份剩下的日子里，我们没有一天不见面的。不是我到牧场去，就是布鲁诺用根绳子把母牛绑在一辆车的电瓶上，自己来到我们的厨房。他除了喜欢饼干之外，还喜欢我母亲。他喜欢母亲对他的关注。她不绕弯子，坦诚地询问他，如同她习以为常的本职工作，而他就自豪地回答着，因为他的故事竟然令一位热忱的城里的太太如此感兴趣。他讲述道，他是格拉纳小镇上最年轻的小伙子，也是当地最后一个牧童，因为再也没有别人来这里了。他父亲一年中多半的时间不在家，很少露面，只有在冬天回来，而一闻到春天的气息，他就立刻出发去法国或瑞士，或者去任何一个招聘工人的工地。幸亏他母亲从来不离开家乡：她在房屋上方的梯田上有一个菜园子、一个鸡舍、两头母山羊和一个养蜂的蜂箱；照看好这小小的王国就是她唯一的兴趣所在。当他描绘起他的母亲时，我就明白她是什么样的人。一个我曾经见过的推着小车、拿着一柄锄头或一把铁耙子在我面前走过的女人，她低着头走到了我前面去，都不曾察觉我的存在。布鲁诺和她住在他一个舅舅家里，他舅舅就是我们房屋女主人的丈夫，经营着几片牧场，养着奶牛。现在这位舅舅与几个更年长的表兄待在山里。布鲁诺指着窗户，在那一刻我只能看到一些树林子和石子堆。他补充说，到八月份他就将带着他们给他留下的奶牛上山去找他们。

"去山上？"我问道。

"就是去放牧。你知道如何去高山牧场上放牧吗？"

我摇了摇头。

"舅舅们跟你相处得好吗？"我母亲打断他。

"是的，"布鲁诺说道，"有很多事情要做呢。"

"不过，你也上学吗？"

"是的，是的。"

"你喜欢上学吗？"

布鲁诺耸了耸肩膀。他无法说喜欢，也就无法让我母亲满意。

"你爸爸和妈妈相亲相爱吗？"

现在布鲁诺移开了目光。他噘着嘴唇做了个鬼脸，这可以意味着否定，或者是还可以，又或者表示现在不是探讨这类话题的时候。对于我母亲，这样作为回答就足够了，她不再坚持问下去。然而，我当时便知道，在这种谈话中，有某些东西令她不悦。她不弄明白是不会罢休的。

我和布鲁诺出去时，彼此不谈论自己的家庭。我们去小镇上溜达，从来不离他放牧的母牛太远。我们偶然地进入荒弃的房屋。在格拉纳小镇里，废弃的房子要多少就有多少：旧牛棚，旧贮草仓和旧谷仓，一家堆满灰尘扑扑的空货架的大商铺，一座被烟熏黑的旧面包房。到处是我曾在磨坊里见到过的废物，仿佛长时间以来，在那些建筑物被遗弃之后，有人粗暴地占领过，随后再次抛弃了它们。有些厨房里，还找得到桌椅板凳，以及挂在壁炉上的长柄平锅。食柜里还有几只盘子和杯子。一九八四年，在格拉纳仅住着十四个人，而在以往的年代里，曾达到过上百个。

　　有一座较为现代化的宏伟建筑屹立在小镇中心，在它四周是民房。大楼有四层，砌白色灰泥墙，一部室外的楼梯，一个院子，一道部分塌落的围墙。我们从那儿进去，跨过院子里遍地丛生的荆棘，进到那座楼房。底层的大门只是虚掩着，布鲁诺推开了那道门，我们就进入了一个阴暗的前厅，那里有木头长凳和挂衣架。我立刻明白了自己是在什么地方，也许是因为所有的学校都相似的缘故。可是，格拉纳山村的学校里如今只培养肥大的灰兔，它们从一排笼子里惊恐地窥视着我们。教室里散发着一股混合着稻草、饲料、尿臭的味儿，以及发酸的葡萄酒味。在一个木头脚板上——那儿以往应该放讲台的，现在只有几只空玻璃坛子扔在那儿，然而，没有人敢把耶稣受难像从墙上取下来，也没人敢把堆放在教室后面的课桌用来当柴火。

那些课桌比兔子更吸引我。我走近细看：狭长的课桌；四个放墨水瓶的孔洞；被放在上面的双手磨蹭得滑溜溜的木头。课桌内侧的边缘上是学生刻下的字母，用小刀子也或许是用一颗钉子的尖头刻的。词首的字母，姓氏古列尔米纳开头的字母 G 常常出现。

"你知道他们是谁吗？"

"我知道几个，"布鲁诺说道，"有些我不认识，不过，我听人说起过。"

"那是什么时候的事情？"

"我不知道。这所学校一直关着门。"

我没来得及问别的，就听见布鲁诺的舅妈在喊他。我们的历险就这样结束了。那不容置辩的断然呼喊，一次、两次、三次，无论我们在哪里，都听得到。布鲁诺叹了口气，随后与我告别，就跑掉了。一切都半途而废了，一场游戏，一席谈话：那天，我知道自己再也见不到他了。

然而我却在那所旧学校里又停留了许久：我察看了所有的课桌，读了所有的词首字母，试着想象那些孩子的名字。然后，正当我好奇地探索时，发现了一个新近才精心刻上去的字母。用小刀子刻下的痕迹在灰色的木头上很显眼。我用手指抚摸着字母 G 和字母 B，对于刻下字母的作者的身份，确实没有什么可怀疑的了。在这所布鲁诺带我来的废墟里，我所看到而又无法明白的其他事情都联系了起来，开始领悟到这座幽灵般的山村昔日有过怎样神秘的生活。

***

七月飞快地过去了。我们到达时，割过的青草重又长出来一拃高，牛群沿着山间小路向高山牧场迁移而去。我看着它们消失在幽谷里，牛蹄声夹杂着牛铃声萦绕在群山间，它们进入了山林之中，随后重又出现在远处，像是一群群鸟儿飞越过茂密的树林，停落在山腰上。每星期两个晚上，我和母亲走相反的路程去另一山村，那里仅有几所房子，寥落地坐落在深谷里。我们花半个时辰步行到达那里，而到了山路的尽头，仿佛突然进入了现代化的地方。一家酒吧的灯光照亮了河上的大桥，来往的车辆行驶在大区的公路上，音乐声夹杂着坐在酒吧外面的度假者的说话声。山下比较热，夏天令人欢悦又慵懒，如同在海边消夏。一帮男孩子聚集在那些小桌子旁，抽着烟说笑，有时候被路过的朋友接走，驱车去山谷里的酒吧。我和母亲却在公用电话亭前排着队。我们等着轮到我们，随后一起走进繁忙通话的电话亭里打电话。父母亲急匆匆地说完话了事；即便在家里他们也不花太多时间聊天。听着他们的谈话，仿佛是两位老友，话说半句就能彼此明白。当母亲让我通电话时，父亲跟我说话的时间倒更长些。

"嗨，山里人，"他说，"过得怎么样？你登上几座山顶啦？"

"还没有呢。不过，我在训练。"

"好样儿的。你的朋友怎么样？"

"他挺好。只是他不久就得去高山牧场了，我就见不到他了。得花一个小时到那里。"

"好的，不过，一个小时可不算太长时间。也就是说，我们可以一起去那儿，你说呢？"

"我会很高兴的。你什么时候来？"

"八月份，"父亲说，在跟我道别之前，又补充说，"替我吻你妈妈。你照顾好她，哎？别让她感到孤单。"

我答应他，不过心里却暗自思量着，感到孤单的应该是他才对。我想象得到他待在米兰的公寓里，开着窗的屋子空荡荡的，听到的是机器的轰鸣声。我母亲的身体好极了。我们沿着树林里同一条小路走回格拉纳小山村，这时天色已经暗下来了。于是她点燃了一个火把，并把它插在脚上。她丝毫不害怕黑夜。她如此的安详平静，也令我十分安心：我跟着她那双登山鞋子朝那微弱的灯光走去，走了一阵后，我听到她低声哼起歌曲，像是在唱给自己听。倘若我会唱那首歌，当时我也会小声跟着她唱起来。来往车辆的噪声、收音机的音乐声、孩子们的欢笑声，在我们的身后消逝了。随着我们向上攀登，空气逐渐变得清新。在发现亮着灯的窗之前不久，我就知道几乎快到家了——风儿把壁炉的气息传送给我了。

2

　　我不知道父亲那年从我身上看到了哪些变化，但他早已决定把我带在自己身边。一个周六，他从米兰来到山上，驾着他那辆破损的阿尔法小汽车闯入了我们习常的生活，决意不浪费他短暂假期的每一分钟。他事先买了一张地图，用图钉钉在墙上，还买了一支细笔用来标出已行过的山路——像是将军们征服的地盘。他的全部行装就是一只旧军用背包、膝盖衬着绒布的裤子和白云山登山运动员的红色厚毛衣。母亲更喜欢躲在家里与天竺葵和书本为伍，不掺和其中。布鲁诺已经在高山牧场，我只能独自回到我们以往待过的地方，感受对他的思念之情，所以我很乐意接受新鲜的方式：我开始学习父亲的登山方式，这更类似于从他那里接受一种教育。

清晨，我们一大早就出发，驾车一直行驶到玫瑰山脚下的村镇。那是比我们那里更时尚的接待旅游者的场所，我昏昏欲睡中瞥见成排的小别墅、二十世纪初高山风格的旅馆、六十年代建造的丑陋的公寓房子以及沿河停靠着的房车营地，它们都一一在我眼前掠过。整个山谷还沉浸在黑暗之中，披着湿漉漉的露水。父亲在头一家营业的酒吧喝了杯咖啡，然后，俨然一名登山队员，挎上了背包。过一座小木桥之后，山路从一座教堂后面盘旋而上，伸入树林中，从这里我们就开始攀登了。在上山之前，我最后一次抬眼望着天空。我们头顶上方的冰川在阳光下闪耀着，清晨寒冷的天气下，赤裸着双腿冻得我直打寒战。

在上山的路上，父亲让我走在前头。他离我一步远跟在后面，这样，我可以在必要时听见他说话，也听得到他在我身后的呼吸。我要遵守的规则不多，也很清楚：一是掌握好登山的节奏不要停下来；二是不说话；三是在交叉路口，永远选择往上延伸的山路。他一路上气喘吁吁的，远不如我轻松。平时他终日蹲办公室，又抽烟。不过，至少有一个小时他没有停下脚步，也没有喘口气，没喝一口水，也没观赏任何景色。观赏山林对他没有什么诱惑力。我们在格拉纳村镇闲逛期间，是母亲指点我观赏各类植物和树木，并且教会我它们的名字，像是人名似的，每种植物都有自己的个性，而对我父亲来说，树林只是登上高山的入口而已。我们低着头再度攀登，集中注意力在双腿的节奏以及肺部和心脏的节奏上，与体力保持一种私密的默契。我们踏在几百年来动物和人经过的卵石上。有时候越过一个木头十字架或刻有名字的青铜牌子，或是一个带有圣母小像和鲜花的神龛，它们赋予树林里那些角落一种墓地般的凝重气息。当时我们的沉默无言蕴含着另外一种意义，仿佛只有以这种方式从那里经过，才能表示对它的尊重。

到了树林的尽头，我们才抬头仰望。冰冻的山脊上山路逐渐平缓，我迎着阳光，见到了高山上最后的一些村落。那是些几近被废弃的地方，比格拉纳村镇更糟，幸亏还有一旁的牛棚、淌着涧水的山泉以及一座像样的小教堂。房屋的上方和下方，土地被平整过，石块是堆砌好的，挖成的沟渠用来灌溉和施肥，河岸上整成了梯田和种菜的园子：父亲向我指点这些工程，并且以欣赏昔时山里人的口吻跟我说话。那些中世纪从阿尔卑斯山北部来的人，能够在高地上种植作物，没有人驱使他们。他们具有特别的技能，且有一种特别的毅力，能忍受寒冷和艰辛。他对我说，如今已没有人冬天里能在高山峻岭上生活，能像古人那样在几百年中以自给自足的方式生活。

我看着坍塌的房子，尽力想象当初住在那里的居民。无法理解昔日怎么会有人选择这么艰苦的生活。当我这样问父亲时，他以其谜一样的方式回答我，似乎他总是无法给我解开谜底，只能稍稍给一点儿线索，而我总是不得不自己去求得真相。

"并非是他们选择的。倘若某人去高山上求生，那是因为在山下，他们不让他安宁。"他说道。

"在山下，有什么事情让他们不得安生？"

"统治者。军队。神父。工头。得看情况而论。"

他回答的语气并不是十分严肃。现在他在泉水旁清洗后背，比清晨时心情愉悦多了。他摇晃着脑袋把水甩干，捋着胡子，朝泉水上方望去。在等着我们前往的幽谷里，没有任何景物挡住我们的视线，这样他迟早都能注意到山路上任何一个走在我们前面的人。他有猎人般敏锐的目光，总能寻找到那些红色或黄色的小斑点，辨认出背包或风衣外套的颜色。他们越处在远处，我父亲的声音就越洪亮，他指着他们问我道："彼得罗，我们要不要赶上他们呢？"

"当然，"我总是回答说，"不管他们在哪儿。"

于是，我们的登山就演变成了一场追踪。我们的肌肉相当发达，尚有使不完的力气。我们重又登攀八月份的牧场，沿途经过偏僻的高山牧场、漠然的奶牛群、扑在脚踝上狂吠的狗和刺扎着我的光腿的大片荨麻。

"抄近路吧，"觉得标志小路的路线不够清晰时父亲说道，"一直走。从这里往上爬。"

坡度重又增加了。最后在那儿，在那些险峻陡峭的斜坡上，我们赶上了我们的目标。通常是三两个人，跟我父亲的年龄相仿，衣着也与他相似。他们使我心里更确定了这种想法：进山攀登就是过去那些年代里的一种时尚，遵循着一些古老的习俗。他们相信跋涉是一种礼仪：他们靠一边行走；站在山路旁，停下脚步让旁人先上。他们肯定从上面已经看见了我们；他们曾试着坚持攀登，不乐意被别人赶上。

"你们好，"其中的一位说道，"小伙子爬得好快啊，嗯？"

"他爬得快，"父亲回答说，"我紧跟着他。"

"小伙子腿脚有劲儿。"

"可不是嘛。不过，当初我们也是那样的。"

"唉，也许是一个世纪之前了。你们想一直爬到山顶上去吗？"

"试试看吧。"

"祝你们成功。"另一位最后说道，客套话就此结束。我们默默地离去，如同我们默默地来到。在登山途中遇上驴友那是意想不到的欣喜。过了不久，当我们离开相当远时，感到有一只手搭在肩上。这是唯一能感觉到的：一只搭在肩上且用力握紧的手，仅此而已。

"我们每个人在山上都有一个自己偏爱的高度，一道与自己相似的风景，在那里会感到自在舒适。"母亲曾这样确信，也许这是真的。她钟情的无疑就是一千五百米高处的树林，云杉和落叶松树林，树荫下生长着橘子、刺柏和杜鹃花，在那里躲藏着狍子。比大山更吸引我的是伴随大山出现的：高山牧场、山涧、泥炭、高山的青草、牧场的牲畜，再往高处，植物就消失了，大雪覆盖了万物，直到夏季开始。一眼望去，是一片灰色的崖岩，带着石英的纹理，镶嵌着黄色的地衣。父亲的天地从那里开始。跋涉了三个小时之后，草坪和树林让位给满是石子的土地、隐藏在冰冻凹地里的小湖泊、留下泥石流痕迹的沟壑以及冰凉水流的山泉。山川演变成一种甚为苦涩的荒凉纯净之地。他在山上变得很快乐。回到往日的大山之中，回到往昔的时光里，也许，他重又变得年轻了。他的步伐似乎更轻盈，重新找回了失去的活力。

我反而觉得筋疲力竭。疲惫不堪加上缺氧，胃里堵得慌，感到恶心想吐。身体的不适令每一米的攀登都很艰巨。父亲未能发现我的状况。山路在三千米的高度变得模糊了，满石子山地里只留有卵石和油漆的痕迹，他终于走在探险路的前头了，没转过身来察看我的身体状况。若他转过身也是为了叫喊一声："你瞧!"同时指着高处的一排山峰，它们像那个矿物世界的卫士般俯瞰着羱羊角。我抬眼向高处望去，山顶似乎还离我们很远很远。我鼻子里有一股冰冻的雪和打火石的味儿。

折磨意想不到地终结了。我越过了最后一段间距，转过岩石凸角，突然见到眼前一堆石子，或是一个被电击倒的铁十字架，我父亲的背包扔在地上。与其说那是一种欣喜，不如说更是一种欣慰，山上没有任何我们的奖品：除了我们无法再登高之外，山峰顶上确实没有什么特别的地方。还不如找到一汪山涧溪水或一个村落，那样我会更高兴些。

在高山顶上父亲变得沉思不语。他脱去衬衣和背心，晾在十字架上。我很少见到他光着上身，他的身体在那种状态下透着某种脆弱：晒红的前臂，白皙强壮的肩背，从来不摘除的金项链，重又晒红的粘着尘土的颈脖。我们坐下来吃面包和奶酪，凝望着崇山峻岭。展现在眼前的是玫瑰山头，挨得这样近，掩隐在山中的高山旅馆、登山缆车、人工湖泊，还有从玛格丽塔深山隐蔽的棚屋回去的长长的队列，都一览无余。于是，父亲掀开盛葡萄酒的行军水壶，点燃了早晨唯一的一支香烟。

"并非它是玫瑰就叫玫瑰山头，"他说，"它源自一个古老的名字，意思是冰、冰山。"

然后，他给我列举从东到西是九千米跨度，每次都从头数起，因为在攀登上山顶之前，须识别它们。登上这些山，我们已经期待很久。不起眼的乔尔达尼尖峰，维钦特金字塔在它上方；巴尔门霍尔山峰上竖立着宏伟的基督像尖顶；帕罗特山的侧面轮廓如此模糊几近看不见；然后是高贵的山峰涅菲蒂、祖姆斯坦因、杜孚尔，三座堆在一起的姐妹峰，两个利斯卡姆山旧山冠把它们连成一体，被称为"吃人的山峰"。最后是优雅的卡尔多雷山峦、起伏不平的波鲁切山、锋利的黑岩山和神情温良的勃雷托尔群山。西边最后的山峰是切维诺峰，锋利苍劲而又孤寂，我父亲称它是"伟大的贝卡"，仿佛是他的一位老姨妈。他不太想转向南边，朝平地走去：下面笼罩着八月的雾霭，而在那灰色的大钢罩底下的某个地方是灼热的米兰城。

"好像很小，是不是？"他说道，而我没弄明白。我不明白在他看来那宏伟的群山景色为何竟显得那么小。抑或是别的什么东西在他看来是那么小，那些我登上高峰时脑袋里回想起来的东西。然而，伤感之情瞬间即逝。抽完了烟，他从思绪的泥淖里抽身出来，重又捡拾起行装，说："我们走。"

我们匆匆下了山，沿着随便什么山坡飞跑着冲下来，嘴里高呼着战斗的口号，发出印第安人式的吼叫，不到两个时辰，我们就在村子里的某个山泉旁泡脚了。

***

母亲在格拉纳的调查有进展。我经常看到她在山上布鲁诺母亲忙活的梯田里。你抬眼望去，可以看到她总是在那里，一个瘦骨嶙峋的女人，戴着一顶黄色小便帽，弓着腰照料洋葱和土豆。她从来不跟人交谈，也没有什么人去找她，直到我母亲去与她攀谈：一个在菜园里，另一个坐在一旁的一根树桩上，从远处看去，似乎她们已经聊了好几个小时了。

"看来她是能说话的。"我父亲说道，我们曾跟他说过那个奇怪的女人。

"她当然能说话。我可从来没结识过聋子。"母亲回答说。

"可惜了。"他评论道，但是她没有心情说俏皮话。她发现布鲁诺那年没有考上初中一年级，十分恼火。从四月份起他们就不再送他去上学。如果没有人加以干预，他所受的教育就到此为止了，而这类事情是十分令我母亲愤慨的；在米兰是这样，在一个小山村里也是这样。

"你救不了所有的人。"我父亲说道。

"可有人曾经救过你，我没搞错吧？"

"怎么没搞错。不过，后来是我从他们那里自救出来的。"

"可是你上了学。他们可没有在你十一岁时让你去放牛。十一岁的孩子应该上学。"

"我只是说这里不一样。这里幸好有他父母在。"

"是的，一种好运气。"母亲下结论说，而父亲避免反驳她。他们几乎从来不谈及父亲的童年，很少几次提起时，父亲总摇摇头，中断了谈话。

我和父亲就这样被差遣去侦察，与古列尔米纳家的人结交。他们夏天居住的高山牧场，由三所小房子组成，离开格拉纳沿着峡谷的小路攀登到那里有一个多小时的路程。我们从远处就看见了那三座小屋子，右边一半隐掩在山腰间，山崖在那里趋向缓和，然后重又陡峭而下，一直伸向流向山村的那同一条山涧。我已经喜欢上了那条激流。在高山牧场上重又能见到它，心里特别高兴。幽谷在那里封堵上了，仿佛巨大的山崩在上面把它给封住了，延伸至一片沼泽地里，一条条水沟流经那里，蕨类植物、大黄、荨麻遍地丛生。从沼泽湿地中间经过，小路变得泥泞。穿过了湿地，越过了山溪，登上了阳光普照的干燥山地，我们朝山顶小屋走去。从山溪到山上全是保存得很好的牧场。

"哎呀，"布鲁诺说道，"来得是时候。"

"很抱歉，我得陪着父亲来。"

"那是你父亲吗？他怎么样？"

"我不知道，"我说道，"好样的。"

我开始像他那样说话。两个星期没见面了，而我们觉得像老朋友了。父亲也像老朋友似的跟他打了招呼，布鲁诺的舅舅也很看重我们，显得很好客。他走进其中一间小屋子，出来时带着一块鲜奶酪和一小瓶葡萄酒，不过，他的面相与欢迎我们的举动显得不太协调。他满脸横肉，像个心术不正的男人。他唇下的胡子又乱又硬，几乎全白了；嘴唇上的胡子更为浓密，是灰色的。天蓝色的眼睛，弯弯的浓眉永远显出怀疑。我父亲伸给他的手，令他感到惊讶，他把手抽回来时显得困惑、不自然。然后，他打开葡萄酒瓶盖，斟满酒杯，回到了他的天地。

布鲁诺有东西要让我看，于是我们让他们在那里喝酒，自己去溜达一圈。我专心地游览了他曾对我说起过的高山牧场。牧场具有一种古老的高贵气质，在无水泥砌成的墙垣中还能窥见它，在四角巨大的石块中间，在用手凿成正方形的屋顶的栋梁中，一片苍凉荒芜之中，每样东西都犹如被一层油污和尘土覆盖了似的。最长的一间屋子用作牛棚，一进门口就能听到苍蝇的嗡嗡声，见到结成硬壳的粪便。第二间屋子残破的窗户用破布堵塞遮挡着，屋顶用铁皮修补过，住着路易吉·古列尔米纳和他的后代。第三间屋子是地窖：布鲁诺带我去看这间屋子，而不是他睡觉的房间。在格拉纳山村时，他也从未邀请我到他家去。

"我正在学习当个奶制品工人。"他说道。

"你的意思是？"

"学做鲜奶酪。你来。"

地窖令我感到意外。里面爽洁又阴凉，的确是整个高山牧场里唯一干净的地方。厚厚的落叶松做成的搁板刚刚清洗过，鲜奶酪存放在那里，上面是盐水腌制的湿润的乳痂。奶酪如此光亮、圆润，整整齐齐地摆放在那里，像是要参加某项比赛。

"是你做的奶酪吗？"我问道。

"不，不。我现在只是把它们翻过来，就这样而已。奶酪挺好看的，是吧？"

"什么叫把它们翻过来？"

"每星期一次，我把奶酪翻个面儿，在上面搁上盐，然后再清洗干净，把它们整齐地放在这屋子里。"

"挺好看的。"我说。

外面则摆放着塑料桶、一堆大多腐烂的木柴、一只用煤油桶做的炉子、一只当牲口饮水槽用的浴缸，地上还有一些土豆皮和被狗啃光的骨头。那不仅仅不体面，而且有些暴殄天物，有某种糟践东西、任其毁灭的味道。在格拉纳，我也发现了这种倾向。就好像那些东西的命运已经注定，而保养维修不过是徒劳。

父亲和布鲁诺的舅舅已经喝到第二杯酒了，我们发现他们正在热烈地讨论高山牧场的经济。肯定是我父亲提起来这个话题的，对于他人的生活，他感兴趣的首先是经营的状况：多少头牲口，多少公顷牧场，每天多少公升牛奶，奶酪制作有多少收益。路易吉·古列尔米纳十分高兴与一位内行谈论这方面的话题，他大声地计算，为了让他明白，物价的飞涨，加上强加给放牧人的种种荒谬的规定，他的劳动如今已没有什么意思，他仅仅是出于对这份工作的热爱。

"我死了之后，这山上不出十年，就全都会又变成一片荒林。到那时他们就高兴了。"他说道。

"您儿女们不喜欢这门手艺吗？"我父亲问道。

"嗨，不喜欢干就会自己遭殃。"

越是听他以那种方式说他的预测之言，我越感到震惊。我从未想到过一个牧场，原来曾是一座树林，更没想到牧场可能重又变成树林。我看了看散养在高山牧场上的奶牛，并竭力想象早先被灌木丛占领的那些草坪，它们随后又不断生长，吞噬曾经出现过的任何一种痕迹。水沟、墙垣、山路，最后甚至是房屋。

这时布鲁诺点燃了放在露天里的炉子。没有谁对他说什么，他就径自去饮水池灌满盛水的锅子，又开始用小刀削土豆皮。他会干不少事情：用西红柿酱拌面条，与清煮的土豆一起放在饭桌上，还有奶酪、羊肉干和葡萄酒。那时候就冒出两个胖胖的大男孩，他的表兄弟，二十五岁左右，跟我们一起坐下，低着头吃完东西，看了看我们，然后就去睡觉了。布鲁诺的舅舅注视着他们离去，从他双唇间做出的动作，可看出对他们的全部不屑。

我父亲不在意这些事。用完餐，他伸了伸懒腰，把双手枕在后颈窝，抬眼望了望天空，像是在享受一道风景。他正是这么说的："多好的风景啊。"他的假期几乎快结束了，现在他已经在带着伤感的神情凝望着山群。那年，有一些山顶不能攀登了。头顶上方有不同的山顶，上面全都是石头堆、山脊的凸岩、山鼻子、堆满废渣瓦砾的沟壑、断裂的地皮。像是一座被大炮炸毁的巨大碉堡的残垣断壁，摇摇欲坠的废墟好像还没有结束崩塌；对于像父亲那样的来访者，真算得上是一种奇观。

"这些山怎么称呼啊？"他问道。我怀疑这是不是一个奇怪的问题，他花了那么多时间在挂墙上的地图前研究。

布鲁诺的舅舅抬起目光，仿佛想看看是否快要下雨了。他做了个疲乏的手势，说道："格雷诺山。"

"哪座山叫格雷诺？"

"这座山。对我们来说，它叫格拉纳的山。"

"这一片山顶在一起统称格雷诺？"

"对。我们这里的山顶没起过名。是这整个地区的。"吃完喝够了之后，他开始烦我们总缠着他。

"您爬上去过吗？"父亲又问，"我是说，爬到山顶。"

"年轻的时候爬上去过。陪我父亲去打猎。"

"到冰川去过？"

"没有。从没有过机会。不过，我会很高兴能到冰川去。"布鲁诺的舅舅承认道。

"我打算明天上去，"我父亲说，"我带着孩子去踏踏白雪。如果您允许，我也可以带上您的孩子。"

这就是我父亲的醉翁之意。路易吉·古列尔米纳琢磨了片刻,想明白他究竟想说什么。我的孩子?然后,他想起了待在我身边的布鲁诺,那年刚生下来两只狗,我们正在逗其中一只小狗玩,不过,我们并没错过他们所说的每句话。

"你想去吗?"他问布鲁诺。

"想去。"布鲁诺说道。

他舅舅皱了皱眉头。他更习惯说不。不过,也许他感到自己正被外来人所胁迫,抑或是一瞬间那小男孩令他感到怜悯。

"那你就去吧。"他说道。然后他盖上酒瓶盖子,从餐桌旁站起身,不想再继续让自己为难。

冰川更吸引着像我父亲那样搞科学的人,比对登山运动员更有诱惑。冰川使他想起自己曾进行过的物理和化学的学业,以及伴随着他的成长过程的神话。第二天,当我们登上了梅扎拉玛的高山简易住所时,他给我们讲了一个类似那些神话的故事。在登山的小路上他对我和布鲁诺说:冰川是对我们所度过的冬天的回忆,它是大山为我们保存的记忆。它在一定的高度上保留着回忆,而倘若我们想了解某一个遥远的冬天,我们就应该往那个高度走。

"它被称作'终年不化的积雪'。"他解释道。那是夏天无法融化冬天所落下的全部积雪的地方。有一部分积雪一直坚持到秋天,然后却被冬天又接着落下的大雪所埋没了。那底下就逐渐变成了冰，成了一片不断增厚的冰川，正像树木的年轮；我们数着年轮，就能知道树木的年龄。只是一片冰川并非固定地停留在山顶之上，它在移动，它全部时间里都在往下滑动。

"为什么？"我问道。

"依你看，是为什么？"

"因为它很重。"布鲁诺说。

"正是如此，"我父亲说，"冰川很重，依存在它上面的岩石很光滑，这样，它就往下滑。它滑动得很缓慢，但从未停留过。它沿着山脉往下滑，一直滑到一个对它来说天气太热的高度。那叫'融化冰的高度'。你们看到那边尽头的地方了吗？"

我们行走在一个像是沙土淤积起来的冰积层。一块冰舌和碎石岩屑涌流在我们底下，在比山路更往下的地方。条条细流穿过冰积层，汇集在一片无光泽的小湖中，从表面看上去似金属般冰冷冰冷的。

"那湖里的水，"父亲说道，"可不是来自今年冬天下的雪。那是大山保存了不知多少时间的雪水。现在的水也说不定是一百年以前下的雪化成的。"

"一百年？真的吗？"布鲁诺问道。

"或许更久。这是一种困难的计算。须精确地知道倾斜和磨损的程度。得先做一个试验。"

"怎么做？"

"噢，这容易。你看到冰川上面那些大裂缝了吗？明天我们就上去，往里面扔一个硬币，然后坐在山涧上等待硬币流到我们眼前。"

父亲笑了。布鲁诺凝视着冰川的裂缝和冰舌，看得出那个主意诱惑着他。我不像他那样对古老的神话感兴趣。我胃里感到我们已越过了以往几次结束攀登的高度了。时间也不同寻常：在下午我们淋了几滴雨，现在夜晚即将来临，我们已进入夜雾中。在冰积层的尽头，十分奇怪地发现了一幢两层高的木头房子。一架煤油发电机排出的煤气味泄露了它的存在。然后，是我听不懂的几种语言说话的声音。入口处的木头踏脚板，被登山鞋底防滑用的冰爪扎得千疮百孔，上面放满了背包行囊、绳索、厚毛衣，到处挂着晾在那儿的长毛线袜，登山者提着松口的登山鞋，手里拿着换洗的衣服来回穿行。

那天晚上，高山简易旅店住满了人。没有人留在外面，不过，他们可能会让人睡在长凳子或桌子上。我和布鲁诺比结队前来的登山者要年轻得多。我们在先到的人中间吃了饭，为了给人腾出空位，马上就上了楼，进了一个大房间，合睡一张床。我们从头到脚穿着衣服，盖着粗布被子，长时间地躺在床上，等着睡意来临。从窗口我们看不见星星，也不见深谷有微光闪现，可以看到的只是出去的人抽香烟点燃的火。我们听着睡在底层的人的动静：他们商量着明天的活动安排，讨论着变化无常的天气，或是聊着在宿营地度过的别的夜晚和以往的登山成绩。不时传来我父亲的说话声，他要了一公升葡萄酒，而且已与其他人搭上了伴儿。不再有可征服的更高的山顶，他以带着两个小男孩登冰山而赢得声望，而这个角色令他引以为豪。他找到了几个同乡，我听到他用威尼托方言与他们说着俏皮话。我这么害羞的人，为他感到羞怯。

"你父亲知道的事情可不少啊？"布鲁诺说。

"可不是嘛。"我说道。

"他真了不起，可以教你很多东西。"

"你父亲不教你吗？为什么？"

"不知道。好像我总是给他添麻烦似的。"

我想，我父亲说得头头是道，但他不善于聆听别人，也不善于看护我，否则他就会明白我的身体如何；我吃东西很勉强，理应禁食，因为现在我恶心得难受。从厨房里散发出来的肉汤味更加剧了这症状。我做深呼吸让胃平息下来，布鲁诺发现了我不舒服。

"你身体不舒服吗？"

"还好。"

"你想让我去叫你父亲吗？"

"不用，不用。现在好一些了。"

我用双手捂着肚子。我多么希望躺在床上，听到炉子跟前的母亲说话。我们保持着沉默，一直到十点钟，旅店管理人宣布宵禁，熄灭了发电机，旅店重又沉浸在黑暗之中。不久后，冒出手电筒亮光，是上来寻找铺位的人。我父亲也酒气熏天地过来看看情况如何；我闭上眼睛，假装睡着了。

天亮之前我们就出去了。现在雾霭笼罩着我们脚下的山谷，天空晴朗，呈一种珍珠母色，最后的星辰随着天色发亮而逐渐暗淡失色。应该快到黎明时分，攀登最远处山顶的登山者早已经出发走了，我们看见他们在深更半夜里整理行装；还可以看得到在很高的山上攀登的一些团队，就像是白茫茫雪海中的遇难逃生者，一个个都那么小。

父亲替我们挂上了他租来的防滑的冰爪钩，我们相隔五米的距离，他在前面，然后是布鲁诺，最后是我。他捆绑住我们的胸口，用绳子绕了一圈打了个结系在风衣外套上，不过，他已多年不打那种绳结，所以穿戴好登山行装花费了好长时间，显得好复杂。最终，我们是最后离开旅店的人。得途经一段布满石子的山地。冰爪踩踏在石子地上，会缠结在一起，绑在胸口的绳子妨碍我行走，身上背着那么多东西，我感到自己滑稽可笑。然而，一旦一脚踏在雪上，这种感觉一下子就变了。对于这次上冰川的洗礼，我清晰记得当时的感觉：双腿稳固结实，钢针尖头咬住了坚硬的冰雪，冰爪抓得牢牢的。

我完全清醒过来了，但过了不久，身上旅社的温暖热气消散尽了，又恶心起来。父亲走在前头带着队。我看他走得很急。尽管他坚持说只想转一转，而依我看来，他内心一直希望能登上某一座山峰，跟我们一起从顶峰上冒出来，给其他的登山者一个惊喜。可是，我却吃力地行走着。步履蹒跚，好像有一只手压着胃部。我一旦停下来喘气，系在我和布鲁诺之间的绳子就绷紧了，迫使他也得停下来；最后，绷紧的绳子也牵住了父亲，他反感地转过身来看我。

"怎么啦？"他问道，他觉得我是在找碴儿捣乱，"我们得赶紧，快走。"

太阳升起的时分，我们身后三个黑影出现在冰川上。那时山上的雪不再呈天蓝色，而是变成了一种耀眼的白色，很快在登山鞋底的冰爪下松陷了。下面的云彩在清晨温馨的阳光下扩展开来，以致我以为云彩很快就会像头天那样升起来。抵达某个地方的念头变得越来越不现实了，然而，父亲可不是个承认自己无能而退却的人；相反，他执意要往前进。忽然遇上了一处大裂缝，他目测了一下距离，以坚定的步伐跨越过去；而后，把破冰斧插在雪中，用绳子绑住斧子的柄去搭救布鲁诺。

我对我们此刻在做的事情兴味索然。我们周围的黎明、冰川、绵延的山脉，把我们与天地隔开的云彩，对所有这些非人间的美我都无动于衷。我只想有人告诉我们还得走多少山路。我到了裂缝的边沿，在我前面的布鲁诺探出身子往下看。父亲让他用力吸口气，往下跳。我一边等着轮到我，一边转过身去：在我们的脚下，一侧山脉愈发倾斜，冰川裂成了陡峭的冰柱；除了那些折磨人的断裂、崩塌且堆积的冰块，我们之前离开的山中旅馆也被大雾吞没了。当时我觉得我们再也退不回去了，我看了看布鲁诺，想寻求他的支援，却看见他已经在裂缝的另一边。父亲用一只手拍他的后背，称赞他跳得漂亮。我可不行，我怎么也过不去这一关：我的胃不舒服，把早餐全吐在雪里。就这样，我的高山病就不再是一个秘密了。

父亲害怕了。他惊惶不安地跑过来援救我，又跳过了裂缝，把系住我们三个人的绳子缠乱了。他的害怕令我惊讶，因为我本以为他会怒气冲天。不过，当时我没有意识到他把我们带到上面去所冒的风险：我们只有十一岁，顶着恶劣的天气爬到冰川上，在他执意坚持下，随便装备一番就上山了。他知道，治疗高山病唯一的办法就是降低高度，他毫不迟疑地那样做了。他把登山队列颠倒过来，让我走在前头，我感到不适时可以停下来。我的胃里已吐空了，不过，不时地还想吐，而吐出来的只是口水。

不久后，我们走进了浓雾。父亲在队列后面问我："你怎么样啊？头疼吗？"

"好像没有。"

"肚子难受吗？"

"好一点儿了。"我回答道，尽管现在我感到特别虚弱。

"拿着。"布鲁诺说道。他递给我一把雪，把它抓在拳头里，直到捏成一团冰棍儿。一方面是因为那把雪，另一方面是因为下滑时轻松多了，我的胃开始平静下来了。

那是一九八四年八月的一个上午，是我对那年夏天的最后记忆。第二天，布鲁诺将回到高山牧场去，父亲将回米兰去。然而，在那一刻，我们三人一起在冰川上，好像以后不会再遇上那样的机会，一根缆绳把我们相互系住，不管我们愿不愿意。

我跟跟跄跄地踏在滑雪鞋的冰爪上，无法站立行走。布鲁诺紧随在我身后，过了一分钟，在我们踏雪而行的一路上，我开始听到了他"噢、噢、噢"的吆喝声。那是他平时把母牛赶回牛棚时的喊声。"哎，哎，哎，噢，噢，噢。"他正在用那种吆喝声把我带回到高山旅社，因为我当时已站不起来了：我有赖于这种哼唱的调子，让我的双腿跟上他的节奏，这样我就不去想任何别的了。

"你见到那条裂缝了吗？"他问我，"好险哪！裂缝好深好深呀！"

我没有回答。眼前仍然浮现出曾见到的他们像父子一样兴高采烈地紧挨在一起的那一刻场景。现在雾和雪在我面前成了白茫茫的一片，我只留意让自己别掉下去。布鲁诺没再说别的，又哼哼唧唧地吆喝起来。

3

在那些年月里，冬天对于我来说成了怀旧的季节。我父亲厌恶滑雪者，不想掺和在他们之中：他觉得这种运动有某种令人生气的成分，不用花力气登山，只是沿着用铲土机铲平的斜坡，装备了一条电缆从山上滑下来。他鄙视滑雪的人，因为他们成群结队地到达，身后留下的只是废墟。夏天，有时候我们碰巧遇上了一个缆车的支架，或者是停留在光亮的轨道上的履带式车辆，抑或是在高山上一个被拆除的车站的废墟，一只在山石滩中一大块水泥上生锈的轮子。

"得在那里放一颗炸弹。"父亲说道，而他并不像在开玩笑。

圣诞节时，当看着有关滑雪者假期的电视新闻报道时，他也是同样的心情。成千上万的人侵入阿尔卑斯山的幽谷，在同样的一些设施前排起了长队，沿着我们的山路飞驶疾行，而他不参与其中，把自己关在米兰的套房里。母亲有一次建议他星期天带我出去转转，只是为了让我看看格拉纳山村的雪景，父亲却干巴巴地回答说："不。我不乐意。"冬天的大山不适合人上去，得让山岭平静。按照他上山下山的哲学，为逃避山下折磨人的烦心事而上山去的哲学，沉重的季节必须跟随在轻松的季节之后，也就是在平原上工作和生活，心情不好的时候，应放在轻松的季节里去排遣。

这样现在我也就明白了他对山的依恋怀念，多年来我看到父亲深受其痛却不能理解。现在我也会在看到格里尼亚峰出现在一座山谷尽头时而出神入迷。我重读着登山协会的导游书时，感觉它就像一本日记似的，沉浸于他们在那些年代所写的散文篇章中，幻想着一步又一步地重新踏上那些小路："沿着长出青草的陡峭崖壁，一直走到一处废弃的高山牧场"，"从这里，继续沿着瓦砾堆和雪原上的残留物前进"，"然后，在靠近一处明显下陷的地方，攀登上顶峰"。我双腿上的伤疤已经褪色，抓痕和痂皮逐渐痊愈，然而，我忘却了荨麻扎刺的痒痒、不穿鞋袜涉水的寒冻，以及在一个下午的阳光照射下温馨的床褥带来的慰藉。在冬天的城市里，没有任何东西能以同样的力量打动我。我透过一个过滤器注视着山峦，它变得模糊不清，在我眼前褪色了，只有一堆朦胧的人和车辆往来穿梭；而当我从窗口往下望着大街时，在格拉纳山村里度过的日子仿佛那么遥远，以致我自问是否它们真的存在过。是不是我自己臆想出来的，或者只是我梦见过而已？直到我看到照到阳台上的一缕新的阳光，在来往的行车道之间勉强长出的鲜嫩青草，方才知道春天也回到了米兰，而乡愁演变成一种期待，盼望回到山上去的时刻能到来。

***

布鲁诺跟我一样，焦急地等待着那一天。只是我来来回回踱步时，他应当在山上，正从某个自己熟悉的观察点盯着看道路的拐弯处。因为我们到达不到一个小时，他就来叫我。"贝里奥！"他从院子里喊着。那是重新给我洗礼时所取的名字。"你出来呀！哎！"他说着，没有给我打招呼，也不说别的，仿佛我们头天才见过面似的。那是真的：最近几个月被突然抹去了，而我们的友谊似乎经历了一个无与伦比的漫长的夏天。

不过，与此同时，布鲁诺长得比我快。他几乎总是一身的牛棚里的味道，拒不进家门。他等在长廊里，倚靠在栏杆上。我们大家都不靠那栏杆，因为一碰它就摇晃，我们肯定它总有一天会倒塌。他往身后张望，像是为了监视是否有人一直跟踪他到这里：他逃离他的奶牛，让我丢下书本跟他走。

"我们去哪儿？"我一边系滑雪登山鞋一边问道。

"上山。"他用一种嘲笑的口气随意回答着，也许他回答他舅舅也用同样的口吻。他微笑着。我只能相信他。我母亲信得过我，她总是反复这么说：她很放心，因为她知道我不会干什么坏事的。不干什么坏事，而不是鲁莽轻率之事，不是傻事，仿佛她在影射我生活中可能会碰到别的危险。她没有禁止或叮嘱什么，就让我们启程了。

跟布鲁诺上山，与攀登山顶没有任何关系。真的，我们走一条山路，进入一座树林，匆匆登半个小时山，可是到了唯一他熟知的某个地点，我们就离开了土路，顺着其他的路上去了。他是怎样辨认方向的，沿着一条山缝，抑或是横穿过茂密的云杉树林，这对于我是一个谜。他按照心里一张指点他通道的地图快速行走着，一路上我看到的只是一片塌方的湖岸或是一道陡峭的崖壁。但就是在最后一刻，在两棵歪斜的松树之间，岩石显露出一道缝隙，沿着缝隙我们可以攀登上去，有一块先前我们没有看到的山嘴，使我们方便地通过了。有些路是有人已用镐头凿开了的。当我问他谁走过那些山路时，他回答说"矿工"，或者是"伐木工"，一边指一些迹象为证，那是我没有能力注意到的。通到那里的高架电缆，被一片丛生的荆棘侵袭损坏了。烧过火还呈黑色的土，底下有一层比较干燥，那里以往有一个储煤堆栈。树林里遍地是这些挖掘过的地、堆积物和废物残骸，布鲁诺像解释一种废弃的语言符号那样向我一一解释着。伴随着这些符号标记，他还教给我一种方言，我觉得那方言比意大利书面语更为准确，凡是手触摸到的具体事物，好像我都能用这种语言标明，来替代书本上抽象的语言。落叶松称作 brenga，红云杉叫作 pezza，五针松叫作 arula。能在其底下躲雨的突出的岩石，叫作 barma，一块石头，叫作 berio，而我就叫彼得罗——我对这个名字感到十分亲切。每条山溪切割一个山谷，为此山谷就称作 valey，而每个山谷都有性格相反的两个坡面：朝阳的那面叫 adret，那里有山村和田野；背着阳光的那面叫 envers，潮湿又阴凉，是树林和野生动物的栖息之地。不过，我们喜欢背着阳光那一面。

在那里没有人来打扰我们，我们可以去猎获宝藏。在格拉纳四周的树林里，真的有矿藏：用几块木板钉住的封闭的坑道，在我们之前已经有别人闯入过。据布鲁诺说，从前人们在山上到处寻找矿脉，挖掘出过金子，但由于不能把金矿石全都运走，应该还留下了一些。于是，我们就进入那死坑道，没走几米就走不通了，其他的坑道通向深处，变得曲折又漆黑。坑道的天顶那么低，勉强能站直身子，水沿着墙壁滴漏下来，让人觉得它会随时随地塌下来。我深知那样很危险，也知道那样会辜负了母亲的信任，因为让自己陷入那些陷阱是特别不明智的。在那么做的时候，我感到愧疚，喜悦之心荡然无存。我真想像布鲁诺那样有勇气公开反抗，趾高气扬地接受惩罚。可我却偷偷地违命，想顺利地混过去，并且为此感到羞愧。我心里想着这些事情，双脚一下陷在泥潭里，踩了一身的烂泥巴。可我们从未找到过什么金子；坑道早晚会被一场崩塌堵上，抑或会变得太黑无法继续前行，除了返回，没有别的选择。

在回来的路上，我们进入几处废墟偷窃了一番，以弥补精神上的失望。我们在树林中遇见了放牧人住的小房子，用那里的建筑材料搭起来的，类似动物的巢穴。布鲁诺假装与我一起发现了它们。我想他可能记得那些荒凉的木屋中的每一间。不过，当他像头一次似的用肩膀推开一扇门时，却别有一番滋味。我们在里面偷了一只破损的碗、一把镰刀已磨损的刀身，想象着也许它们是有价值的文物呢。到了村镇里，在即将分手之前，我们瓜分了偷得的赃物。

晚上，我母亲问我们去哪里了。

"就在这里转了转。"我耸着肩膀回答道。我们坐在炉前；她对我的回答不太满意。

"你们没有见到什么好东西吗？"

"见到了，妈妈，树林。"

她忧伤地看着我，仿佛她正在失去我。她真的认为两个人之间的沉默，是一切不幸的根源。

"对我来说，只要知道你平安无事就足够了。"她迁就了我，由着我想自己的心事。

***

在格拉纳所进行的另一场较量中，她却毫不让步。打从一开始，她就把布鲁诺的教育当成一件自己的事情，很上心，但是她知道光靠自己不能完全做到，得与他家里别的女人结成联盟才行。她明白，他母亲帮不了她，于是，她把注意力集中在他的舅妈身上。我母亲是这样开展工作的：敲他们家门，一脚踏进屋里，热情又固执地劝说，直到他舅妈保证在冬天把布鲁诺送到学校去，在夏天送到我们家，以便让他做作业。那已经是一次胜利了。我不知道他舅舅会怎么想，也许在山上的牧场里，他会诅咒我们所有的人。事实上，也许对这个儿子，谁都不在乎。

我记起布鲁诺在我们家的厨房里度过的漫长时光，复习历史和地理，屋子外面等待着我们的是树林、小溪和天空。他每周三次被送来我家，那种场合下他洗得干干净净，穿得整整齐齐。我母亲让他从我的书本中大声读出史蒂文森、儒勒·凡尔纳、马克·吐温、杰克·伦敦，课后把书本留给他，为了让他回到牧场后继续练习。布鲁诺喜欢小说，不过，他学语法有相当大的困难，对他来说，像是学习一种外语似的。看到他在掌握意大利语规则时遇到障碍，拼写错了一个单词，或者结结巴巴地给动词虚拟式变位，我为他感到委屈，生我母亲的气。看到我们那么强他所难，觉得很不公平。可是，布鲁诺却既不抗议，也不抱怨。他明白我母亲是多么在乎对他的教育，也许他从来没有见到过自己对某人来说有那么重要，所以他执意要坚持学习。

夏天的时候，允许他有几次来与我们一起同行，那是他过节的日子，是对他辛苦学习的褒奖：跟随我父亲去登一个山顶，或者只是去一片草坪，午餐时我母亲在那里铺上一块毯子。于是，我在布鲁诺身上看到发生了一种变化。生性不守纪律的他，在适应着我们家的规矩和习惯。与我相处中，已俨然像个成年人，而跟我父母亲相处，他很乐意回归到他实际的年龄：他由着我母亲供吃、供穿、亲抚，对我的父亲则抱有一种近似欣赏的尊重。从他跟在我父亲身后走在山路上的样子，从我父亲开始解释什么时他默默地聆听的样子中，我看到了这一点。那是一个家庭生活中正常的时刻，然而，布鲁诺却从未体验过。我一方面因此引以为豪，仿佛那是我自己馈赠给他的礼物；另一方面，看着他跟我父亲在一起，他们之间有了一种默契，感到似乎布鲁诺才是他的一个好儿子，也许不比我更优秀，但从某种意义上来说，更加适合做他的儿子。他有提不完的问题，而且毫无惧色地向他提出问题。他坚信这样做有助于他与我父亲更亲密无间，而且他双腿勤快会跟着他到处跑。我头脑里萌生出这些想法，然后又把它们驱赶走，仿佛那些想法令人羞耻。

最后布鲁诺上完了初中一年级、二年级和三年级，以"还不错"的分数通过了考试。在他的家里，那可是了不得的消息，以致他舅妈立刻打电话到米兰告诉了我们。"还不错"，我想，这是个什么词儿？谁知道是哪个人想出这么个词，它又到底是什么意思。因为在布鲁诺的身上，就没有什么地方是"还不错"的。我母亲却很高兴，当我们上山去格拉纳时，给他捎去一件奖品：一盒子凿子、半圆凿，用来做木工活的。然后，她又开始琢磨该为布鲁诺做些别的什么。

***

一九八七年的夏天来临，而那是我们十四岁的夏天。整整一个月我们都用来有条不紊地勘察山溪。不是从溪岸上方，也不是沿着从树林出来四处与小溪交叉的条条小路，而是在溪水中，在潺潺的流水中，从一块岩石跳到另一块岩石，或者涉水去勘察。如果那个年代已经存在"激流险滩顺流而下"一说，而我们未曾听说过的话，无论怎样，现在我们正好逆向而行：从格拉纳的桥往上走，爬到山谷。在山村上方不远处，我们进入一条长长的、水流平缓的峡谷，隐掩在两岸茂密的草木丛林之中。这里有爬满了昆虫的水坑，浮在水面的一段段木料，以及我们经过那里就消失不见的、多疑胆小的老鳟鱼。再往上走，坡度就成了问题，令激流变得更加汹涌，流经的地方都是险滩和瀑布。在无法攀登上去的地方，我们就用一段绳子或一截倒地的树干越过湍滩急流，把树干挪到水中，把它嵌入岩石中间当梯子。有几次，仅仅一处小瀑布，就得花上好几个时辰。不过，这正是探察事业的美妙之处。我们设计好每次解决一段攀登的路程，然后，把所有的路程串连在一起。这样在夏末一个灿烂辉煌的日子，我们走完了全部湍流的路程。

不过，我们先得发现哪里是激流的发源地。在临近圣母升天节时，我们已经走过了布鲁诺舅舅的那片山地。那里有一条大支流，高山牧场就是从那条支流取水的，过了那道河的岔口不远处，是最后一座简陋的小桥，那只不过是用作跳板的几块木板而已；从那里以后，湍流逐渐变细小，就不再构成任何障碍了。树林变得稀疏了；我明白我们已经抵达两千米的高度。桤木树和白桦树从岸上消失了，代之而来的是落叶松，没有别的树木。在我们头顶上方，呈现了那个岩石的世界，路易吉·古列尔米纳把它称作格雷诺。那时候，湍流的河床失去了它原来的模样——看上去是一条沟壑，由水流冲凿出来而形成的沟壑——而且变成了一个石子堆。我们脚下的水完全消失了。水从那里的石头中流出来，在剌柏丛错综的根茎间流淌。

我所想象中的水流源头不是这样的，为此颇感失望。我转身看向跟在我身后几步远的布鲁诺。他整个下午都独自沉浸在自己的思绪之中。每当他呈现那样的神情时，我就只是默默地行走着，希望他能摆脱心事。

然而，当他一看到湍流的源头时，就变得十分注意。他一眼就明白了我失望的神情。"你等一下。"他说道。然后，他指着自己的耳朵，并且盯着我们脚下的石子地。

那天的空气并非像盛夏时节那样纹丝不动。习习的凉风吹拂在温热的石头上，穿过枯萎的植物，带走了大片柔软的种子，树叶在风中摇曳着。伴随着微风的吹拂，我们聆听到一阵汩汩的流水声。那与阳光照耀下的水流声不同，是一种较为低沉的响声，仿佛是从石子地底下发出来的。我明白那是什么，就开始追随着那声音再往上走，寻觅着我听得见却又看不见的流水，就像一位用魔杖来占测水源的术士。布鲁诺让我往前走，他已经知道我们找到了什么。

我们找到的是掩隐在格雷诺山脚下一片凹地里的一个湖。湖面宽两三百米，是我在山上见到过的最大的湖泊，呈环形。阿尔卑斯山的湖泊令你意想不到的最美妙之处，就是你登山时，倘若你不知道那里有湖，不到迈出最后一步，你是见不到它们的，只有当你超越了湖岸的高度，抵达了某个点上，在你眼前才突然展现出一道新的风光。凹地朝阳的那一面，全是石子地，视线逐渐转向，先是覆盖着柳树和杜鹃花，紧接着还是一片树林的阴暗一面。中心处就是这个湖。观察着它，我就明白了湖是怎样产生的：从布鲁诺舅舅的高山牧场，由下面看得见的古老的泥石流，像一条大堤似的封住了山谷。这样，在泥石流的上游，就形成了湖，它汇集了四周雪原融化的水，在下游，同样的水回到地面，经过石子地底下过滤之后，变成了湍流险滩。我喜欢湖是以这样的方式形成的，我觉得这称得上是形成一条大河一样的渊源。

"这湖叫什么名字？"我问道。

"我哪里知道呀，"布鲁诺说道，"格雷诺。这里的一切都这么叫。"

他又回到了先前那种神情。他坐在青草上，我站着待在他一旁。望着湖面，比我们相互对视更轻松些。在那边几米远的湖面上，浮现出一块大岩石，好像是一座小岛，可以看得到有什么东西。

"你父母跟我舅舅说好了，"布鲁诺说道，过了一会儿，他又说，"你知道吗？"

"我不知道。"我骗他说。

"奇怪。不过，反正我弄不明白。"

"不明白什么？"

"你们之间的一些秘密。"

"他们跟你舅舅谈了什么？"

"谈到了我。"他回答说。

于是，我坐了下来，挨着他。他后来跟我讲述的事情一点儿都不令我惊讶。我父母跟他讨论过好长时间，而我不该在门口偷听，但只是为了知道他们的想法：头天，他们就曾建议路易吉·古列尔米纳九月份把布鲁诺带来找我们，把他带到米兰。他们主动提出可以让他住在我们家，替他报名上一所高中。一所技术学校或专业学校，或者他喜欢上的学校。他们考虑让他试读一年：倘若布鲁诺觉得不适应，他也可以放弃，第二年夏天再回到格拉纳；如果他感到合适，那么我父母将很高兴让他留在我们家，一直到毕业。到那时，可以由他自由地决定，将怎么安排他的生活。

在布鲁诺的讲述中，我也能听得出我母亲的声音。"留在我们家"，"自由地"，"关于他的生活"。

"你舅舅是永远不会接受的。"我说道。

"恰恰相反，他接受了，"布鲁诺说道，"你知道为什么吗？"

"为什么？"

"因为钱。"

他用一根手指在地里挖，捡了一块小石头，又补充说

道："谁支付费用？这是我舅舅关心的。你的父母说一切
都由他们承担。膳食，住宿，学费，所有的一切；对他来
说，这是一笔生意。"

"那你的舅妈说什么啦？"

"她没意见。"

"那你妈妈呢？"

布鲁诺叹了口气。他把那块石头扔到水里。石头那么
小，没有发出什么响声。

"我妈妈能说什么。老样子，什么都没说。"

在湖岸的岩石上有一层干泥巴。一层黑色泥土硬皮，
有一拃高，从中可以了解那湖水在春天曾涨多高。如今浸
润湖泊的雪原成了岩壁裂缝里灰色的斑痕，如果夏天继续
这样，雪原就会完全消失了。没有雪，谁知道山湖会变成
什么样子。

"那你呢？"我问道。

"我什么？"

"你会愿意吗？"

"去米兰吗？"布鲁诺说，"我不知道。从昨天我就竭
力设想过，你知道吗？我无法想象，我都不知道是怎么
回事。"

我们沉默无语。我知道是怎么回事，我无须作任何想
象，心里定然会反对大人们的那种臆想。布鲁诺肯定厌憎
米兰，而米兰会毁掉布鲁诺，就像当初他舅妈给他洗澡、

穿衣，把他送到我们家来学习动词时那样。我真弄不懂为什么他们非得想方设法地改变他，使他变成并非原本的他。让他有生之年在山上放牛有什么不好呢？我随即意识到这是一种极其可怕的自私想法，因为这真的与布鲁诺和他的愿望、他的将来无关，而只关乎我想继续利用他：我的夏天，我的朋友，我的大山。我希望那里的一切都别改变，哪怕是焚毁的废墟，或是沿路的粪便堆。但愿布鲁诺、废墟和粪便，都总是那样一成不变，停留在时间中，等着我。

"也许你应该把心里话告诉他们？"我建议说。

"说什么？"

"说你不想去米兰。说你想留在这儿。"

布鲁诺转身看我。他皱起了双眉。他没想到我会提这样的建议。也许，他当时也是这么想的，但是我这样想，他听了不舒服。

"你疯了吧？"他说道，"我不留在这儿。我在这座山里上上下下都快整整一辈子了。"

然后，他从我们待着的草地上站起身，把双手放在嘴巴上，叫喊道：

"噢！你听见了吗？是我，布鲁诺！我要离开这里！"

从湖的对岸，格雷诺山的斜坡，向我们传来了他喊叫声的回音。我们听到了石头的崩塌声。叫喊声惊扰了小羚羊，它们正在往山地的石子堆爬行。

布鲁诺指给我看那些小羚羊。它们从崖石中间走过，叫人几乎看不见它们，然而在它们穿过一片雪原时，我就能数点它们。那是由五头羚羊组成的小羊群。它们排成一行鱼贯地在那片雪地上向上爬行。它们爬到了山顶，停留了片刻，仿佛是想在离开之前，最后一次看看我们。然后，它们沿着另一面山坡鱼贯而下。

***

夏天要攀登的四千米的山峰，应该是卡斯托雷。父亲和我在玫瑰山系每年要登一座山顶，我们已经训练有素，得完美地结束爬山的季节。我没有停止前往冰川，同时也在不断忍受高山反应之苦：我只是习惯了身体的不适，而且身体的不舒服已经是那个世界的一部分，就如同黎明之前醒来，就会面对高山旅店的冷冻食物，或者高空中乌鸦的呱呱叫声。那就只是上山，不再有任何可以侥幸的地方。双脚一前一后地攀登，一直呕吐到山顶，是一种残忍的锻炼。我恨自己这样子，每次面对那片白茫茫的雪原时，我都感到怨恨，却也为自己登上了四千米高度而感到自豪，好像那同样是我勇敢精神的见证。一九八五年我父亲的黑色钢笔已经画到了维琴特，一九八六年画到了尼菲蒂，他把攀登那些山顶看作一种训练。他从某个医生那里咨询过，确信高山反应会随着我年龄的增长过去的，这样，在三四年之内，我们就可以致力于更重要的目标，比如穿越利斯卡姆峰，或者攀登杜富尔峰海岬的崖壁。

不过对于卡斯托雷，印象中除了长长的山脊之外，我还记得和他单独在高山旅店里的出发前夕。桌上摆着一盘面食，半公升葡萄酒，坐在我们身边的登山者彼此之间在讨论着什么，脸颊因为劳累和日晒而发红。次日要登高山的思绪在餐厅里营造了一种全神贯注的氛围。父亲坐在我面前，翻阅着客人们的书籍，那是他在旅店里最喜欢阅读的。他说一口流利的德语，而且也懂法语，他不时地给我从阿尔卑斯山周边国家的语言中翻译着书中的某段。书中写着有人在三十年之后回到一座山峰，感谢着上帝。另有人思念一位已不在人世的朋友。这些事情都深深触动着他，以至于他也拿起笔，加入集体日记的书写。

当他起身要给饮料瓶加水时，我偷看了他所写的话。他的字很密，又相当简练，如果你不熟悉他的字体，就很难辨识。我读到这段："我和我十四岁的儿子彼得罗在这里。这将是我最后几天当登山队队长了，因为不久后得由他来拉我上去了。不太想回城里去，不过，我带走了对这些日子的回忆，犹如它是最好的高山旅社。"下面是他的签字：乔凡尼·瓜斯蒂。

我没有深受感动，或者引以为豪，那些话语使我很恼火。我从中感到某种虚假和伤感的东西，一席对大山不符合事实的华丽辞藻。倘若山上是一座天堂，那我们为什么不留在山上生活呢？为什么我们要带走一位在山上生长的朋友呢？如果城市令人厌烦，为什么要迫使布鲁诺跟我们一起生活呢？这正是我本来想问父亲的事情。而且也想这样问母亲。你们怎么如此认定自己知道，什么是另一个人生活最好的安排呢？你们怎么没有怀疑，兴许他自己更知道怎样生活才更好呢？

可是，当我父亲回来时，他满心欢喜。那是他假期的倒数第三天，他四十五岁那年八月份的一个星期五，他跟独生儿子待在阿尔卑斯山上的一家旅店里。他拿来了第二只酒杯，而且为我斟了半杯。在他的想象中，也许现在我已长大成人了，已摆脱了高山反应，作为父子，我们会改造成某种别的关系——登山队的伙伴，就像他在书中所写的那样。在一起饮酒的伙伴。兴许他真的这样想象，在几年之内，我们坐在海拔三千五百米高处的一张桌子旁，喝红葡萄酒，并且研究着标出山路的地图，再也没有任何秘密。

"肚子感觉怎么样？"他问我。

"相当好。"

"大腿呢？"

"非常好。"

"好极了。那么，明天我们可以好好玩了。"

父亲举起了酒杯。我也举起杯，尝了尝葡萄酒，感觉是我喜欢的味道。正当我把酒咽下去时，坐在我身边的那个家伙哈哈大笑起来，他用德语说了些什么，而且拍了我背部一下，似乎他在欢迎我，好像我刚刚进入成人的大家庭似的。

***

第二天晚上，我们作为从冰川归来的人回到了格拉纳山镇。父亲敞开着衬衣胸口，单肩上挎着背包，脚上的伤使他行走时一瘸一拐；我饿得像一头狼，因为一旦从山上下来，就发现自己的胃已有两天未进食了。母亲早就准备好热气腾腾的浴室和一桌子晚餐等着我们。之后，到了讲述攀登经历的时刻：父亲试着描述了冰川大裂缝中冰的颜色，令人头晕目眩的北边崖壁，山顶上积雪冰柱的雅致秀美，而我对所有那些景致只有模糊的记忆，因为恶心而记不清了。我时时沉默不语。我已经认清了一个事实，这是我父亲永远都不会认同的，那就是你永远不可能把自己在山上体验到的东西，传达给留在家里的人。

然而，那天晚上我们还没到讲述上山经历的时刻。当我正要去洗澡时，听到一个男子在院子里大声叫嚷。我走到窗口，拉开窗帘，看见一个家伙用手势比画着，大声说着，我听不懂他在说些什么。外面只有父亲在那儿。他去阳台上晾晒长毛线袜子，现在正在水槽里洗疼痛的双脚，他从水槽边沿站起身来，去应对那个陌生人。

我立刻想到那个人可能是饲养牲口的，因我父亲用了他的水而发火了。在这里，人们会制造种种借口与外来人过不去。辨认出本地人很容易；所有当地人的行为举止都一样，眉宇间有同样的线条轮廓，前额和颧骨之间都有一双天蓝色的眼睛。这个人比我父亲矮小，除了有肌肉发达的双臂、粗大的双手，整个身材都不成比例。他一把抓住我父亲衬衣领子下方的衣角，似乎想把我父亲举起来。

　　父亲伸开双臂，我看到他的肩背，想象到他似乎在说：镇静，镇静。那人嘀咕着什么，露出了损坏的牙齿。他的脸也被毁了，不知是怎么被毁的——我当时还太年少，认不出那其实是葡萄酒色的面容。他做了个怪相，就像路易吉·古列尔米纳，而就在那一刻我发现他们是多么相像。我父亲开始慢慢比画着手势。我明白他正在解释，而出于对他的了解，我知道他的理由是无可辩驳的。那男子低下了目光，就像我经常做的那样。看来他好像改变了想法，但是他的双手老是拽着父亲的衣领。我父亲把手心转向上，像是在说：好，我们说清楚了吧？而现在该怎么做呢？看到他光着脚处在那样的状态真有些好笑。他的脚趾肚儿上，长毛线袜子的边线，把膝盖下方短短的一道绯红色的皮肤与苍白的踝骨清晰地分开，那是朱阿夫式的上宽下窄的裤子让腿部暴露在外的部位。这就是颇具自信的一位有教养的公民，习惯于告诉别人该怎么做，说他刚在冰川上冻伤了脚趾肚儿；他在竭力跟一个喝醉酒的山里人讲道理。

那男子下了决心，他听够了。出人意料地突然放下右手，攥成了拳头，击打我父亲额角。那是我一生中第一次看到一只真正的拳头。击打在颧骨节上的响声，一直传到洗澡间内，像一记闷棍儿。我父亲往后退了两步，摇晃着身子，竭力不让自己倒在地上。不过，之后他双臂垂在胯部，肩膀略略躬曲。那是一个十分伤心的男子的脊梁。那个人在离开之前，还对他说了一件事，好像是一种威胁，或者是一个承诺，这并不令我惊诧，最后，看着他朝古列尔米纳一家的屋子走去，在那场短暂的冲突中，我明白了他是谁。

那个男子是回来索要属于他的东西。他不知道自己发火找错了人。不过，实际上也一样：那一拳是打在父亲的脸上，却是深深地植入母亲的脑中。那是现实对她的理想主义的冲击，也是对其自以为是的傲慢自大的冲击。第二天，布鲁诺和他的父亲就消失不见了；我父亲的左眼却又肿又青。然而，当天晚上我父亲驾车启程去米兰时，我想令他更疼痛的并非是眼睛。

接下来的那个星期是我们在格拉纳最后一个星期了。布鲁诺的舅妈来跟我母亲商谈，一脸的沮丧，小心谨慎又提心吊胆，也许她特别担心会失去像我们这样忠诚的好邻居。我母亲劝她尽可放心。她已经在考虑怎样抑制损失，挽救好不容易建立起来的邻里关系。

对我而言，那是漫长的一个星期。经常下雨；一层低沉的云彩，遮掩着山脉，有时候，云层变稀疏，露出覆盖在三千米高山上的初雪。我真想沿着熟悉的一条山路，爬上山去踩踏白雪，无须求得任何人的同意。可惜我留在了村子里，回想着看到的那一幕，并且为自己曾经的想法而愧疚。后来，星期天我们关上了家门，也离开了。

4

　　我一直无法从脑海里抹去那只拳头，直至两年之后，我有勇气向人伸出我的拳头。事实上，那是一连串挥拳打人事件的头一回，而最厉害的一次是在接着而来的年代，发生在平原上。不过，现在我仿佛觉得叛逆的时期应该是从山上开始的，就如同对我来说至关重要的所有那一切都发生在山上。事情本身微不足道：当时我十六岁，有一天，父亲决定带我去睡帐篷。他从某家出售军用物品的货摊上买了一顶十分厚重的旧营帐。他打算把它支在一个小湖畔，想在那里钓几条鳟鱼而不让守林人发现，好在黑夜降临时点上篝火，在火上烤鱼，然后，也许在炭火前通宵喝酒唱歌。

　　先前他一向并不注重露营的，因此，我怀疑其中必定还为我安排了别的计划。最近一段时间以来，我总是躲在一个角落里，以怜悯的目光观察着我们的家庭生活：我父母无法摆脱的习惯、我父亲平白无故而发的脾气、我母亲阻挡他发脾气所用的窍门以及他们不经意采用的小小的手腕和诡计等。他好动感情，独断专行，性子急躁；她坚强而又平静，思想守旧。保险的做法就是各人总是扮演同样的角色，既然知道另一方也将演他自己的角色：他们并不是在真正地争吵，而是在演出——每次我都能预见到结局就在那只笼子里，而我最后也会被关在里面。我迫不及待地想逃离。但我永远难以说出口：从我嘴里说出来的话、发出来的声音，没有一次抗议过什么事情，而我认为也许正因为这样，为了让我开口说话，现在就冒出来了这顶该死的营帐。

　　午餐后父亲把用具铺开在厨房里，并且把它们分开，让我们分担负荷。光是杆子和桩子就有十公斤重。加上睡袋、风雨衣、厚毛衣和食物，背包很快就被塞满了。父亲跪在地板上，开始松开每条背带，然后又把它们勒紧，使劲地又压又抽拉，跟一大堆物件及其容量较劲。在下午闷热的天气下，我在重负下已经大汗淋漓。然而，倒不是重量令我无法忍受，而是他想象出来的场景：篝火、小湖、鳟鱼、星空，所有这些类似的事物。

"爸爸，"我说道，"算了，让它去，别管它了。"

"等一下，等一下。"他说着，还使劲地往背包里塞东西。

"别塞了，我说真的，用不着。"

父亲停下来，抬起目光。他因为先前一通忙活，脸上浮现出生气的神情。从他仔细看我的样子，我感到他要对付另一只充满敌意的背包，一只不愿意听命于他的背包。

我耸了耸肩膀。

对父亲来说，如果我沉默不语，那就意味着他可以说话了。他舒展开前额，说道："那我们就去掉一些东西吧。你帮我一下，怎么样？"

"不怎么样，"我回答说，"我真觉得不行。"

"什么东西对你不合适，营帐吗？"

"营帐，湖，所有的一切。"

"怎么？所有的一切？"

"我不想要。我不去了。"

对他来说，没有比这更沉重的打击了。拒绝随他进山，这不可避免的迟早会发生的事情，他应该能料想到的。不过，我不时地想到，由于他没有父亲，没有遭遇过某些打击，因此，他也没有准备好承受那些打击。为此他深受伤害。他原本可以向我提其他的问题，那也敢情好，哪怕把这当作是一次倾听我心声的好机会，然而，他没能那样做，可能他觉得没必要，又或许他当时气得都没有想到该那样做。他把背包、睡袋、营帐都撂在那里，独自离去。那对于我倒是一种解脱。

***

布鲁诺却是另一种截然相反的命运。现在他跟着他父亲当泥瓦匠，我平时从来都见不到他。他们父子在高山上干活，建造山间旅社、高山牧场，一周中他们也留在山上睡觉。我在周五或周六才碰得到他，不是在格拉纳小镇，而是在深谷的某家酒吧里。我有的是时间，因为现在周末不必再跟着父亲去登山了，而当我父亲去攀登山顶时，我就到山下去寻找与我同龄的某个伙伴。我只要那么做两三次，就足以被纳入度假者的团队之中：我就在网球场边的长凳上或在一家酒吧的小桌旁度过下午的时光，希望没有人发现我身无分文点不了什么。我听着别人聊天，看着姑娘们，不时地抬头望着大山。我辨认出山上的牧场，以及小小的白色斑点，那是抹上灰泥的牧人住的小房子。鲜绿色的落叶松让位给了深绿色的云杉。我深知与这些来度假的小伙子没有什么可以交流分享的，但是我想与自我孤立的本性作斗争，试着与他人相处，看看会发生什么。

然后，快到七点钟了，工人、泥瓦匠、饲养员都来到了酒吧。他们从载重汽车或越野车上下来，满身都是泥巴、石灰和锯木屑。那自青年时起就摇晃着身子走路的样子，仿佛总是在随着身体挪动着一种极大的负荷似的。他们赖在酒吧的柜台上抱怨着，嘴里骂骂咧咧的，跟酒吧女招待说着俏皮话，举着杯子巡回敬酒。布鲁诺就在他们之中。据我所见，他长了一身膘，总喜欢卷起衬衣的袖子，让别人看他的肌肉。他搜集了一大堆贝雷帽，一只钱包从他牛仔裤的兜里露了出来。这比别的更触动我：挣钱对我来说，是一种十分遥远的前景。布鲁诺在那里花钱连数都不数，他巡回敬酒时效仿着别人用一卷钞票付账。

然而，到了某个时候，他带着同样心不在焉的神情，转身朝向我。他已经觉察到我的目光。他用下巴向我示意，我也举起一只手的手指回敬他。我们相互对视了一秒钟。就是如此。没有人察觉这一幕。整个夜晚，没有再发生这样的场景，而我不能肯定是否能很好地诠释那种示意的内涵，它可以表示：我记得你，我想念你。或者是：仅仅过去了两年，但恍如一生，你不觉得吗？抑或是：嗨，贝里奥，你在这些人中间干什么呢？我不知道布鲁诺对两位父亲之间的冲突抱什么想法。他是不是为发生过的事情感到遗憾，或者按他现有的想法，觉得那段历史是那么遥远、不真实，如同我感觉到的那样。他没有任何不愉快的神情。或许有不愉快神情的却是我。

他父亲跟他一起处在喝酒的行列之中，就是在那些说话声音最扰人、总端着空酒杯的人中间。他跟布鲁诺说话，就像他只是他同伴中的一个。我不喜欢这个人，但在这一点上，我却妒羡他们：不知道的人，没有人会说他们是父亲和儿子，他们之间一点儿都看不出来，没有那种粗暴生硬的语气或殷切关照的口吻，也没有令人讨厌的冲动之举，既不是尴尬困惑也不是亲密无间。

***

山谷里的孩子并不都是在酒吧消磨夏天的时光。几天之后，有人把我带到河那边的一个地方，一座野生松树林，它遮住了一些像陨星似的与周围景致格格不入的大岩石。应该是冰河在很久很久以前把它们冲到那里的。后来，土地、树叶、苔藓把它们覆盖住了，而松树在其周围和上面生长出来。不过，有些崖石被人发掘出来，像是用铁刷子擦了干净，甚至还被取了名。孩子们争相以各种可能的方式攀登上去。他们既没有绳子，也没有钉子，在离地面一米的高度试了又试，想找到攀登的路，然而却掉落在林下柔软的灌木丛里。看着两三名最强壮的小伙子攀登是一种乐趣：他们像体操运动员那么敏捷，把擦破皮的双手抹上了白色滑石粉。他们把这种比赛从城市带到山里，很乐意教给其他人，因此，我也要求试一试。我立刻感到自己很适应攀登。实际上我跟布鲁诺已经登上过各种崖石，对登山并非一无所知，可我父亲总是让我提高警惕，不让我用双手攀缓去冒险。或许正因为这样，我才下决心让自己变成更勇敢的人。

夕阳西下时，登山的团队扩大了，加入了来休假的人。有人点燃了篝火，有人带来了烟和酒。于是我们围坐在四周，相互传递着一瓶葡萄酒喝。这时我听着对我来说全新的一些话，这些话深深吸引着我，犹如篝火那边的姑娘一样令我着迷。我听到了加利福尼亚的嬉皮士的历史，是他们创造了现代自由式登山法：整个夏天都露宿在约塞米蒂①山谷的崖壁底下，半身赤裸地攀登；或者是法国人的故事，他们在普罗旺斯的礁石上训练，留着长发，习惯于轻盈快速地登山，而且当他们从海边登上白头山的顶峰时，大大打击了像我父亲那样的老登山爱好者的锐气。登山有相处在一起的乐趣、自由自在的快乐和试验探索的喜悦，正因为这样，河岸上两米高的一块岩石堪比八千米高的万丈崖壁，这与崇尚艰辛跋涉无关，与征服山峰也无关。我听着听着，此时树林中夜幕降临。松树弯曲的树干，树脂熏人的香味，在耀眼的火焰下泛白的岩石，使那家高山旅店成为玫瑰山头所有旅店中最令人舒心的了。晚一些的时候，有人嘴唇上叼根香烟试着找到出口，酒劲儿一上来身子都站不稳；有人跟身边的姑娘一起远离而去。

在树林里我没有意识到我们之间的差别，也许是因为

---

① 美国加利福尼亚州内华达山脉下的山谷名，其最高峰为惠特尼山峰，海拔 4420 米。

在那里差别变得不那么明显，不像在别处。他们都是来自米兰、热那亚、都灵的富裕的孩子。不够富有的都住在高山幽谷的小别墅里，那是些匆匆建造在滑雪道脚下的房子；最富有的则住在山上古老的院子里，独门独户，那里的每一块石头、每一张桌子都被撤除掉，编上号之后，又重新按一位建筑师的设计图摆放好。我陪着一个朋友走进一座那样的房子里，去取晚上喝的饮料。从外面看仿佛是用树干堆起来的干柴垛；到里面一看，才发现是一位古董商或是一位收藏家住的房子，是艺术书籍、画、家具和雕塑的一个展览会。还有很多瓶酒。我的朋友打开了一只柜子，我们把每个人的背包都塞满了。

"我们拿了这么多葡萄酒，你父亲不会生气吗？"我问。

"我父亲！"他回答道，好像他觉得父亲这个词本身就很好笑似的。我们离开了偷窃酒的地窖，跑到树林里去了。

***

我的父亲可真是生气了。他重又开始独自进山，黎明就起床，在我们醒来之前就出发了。而有几次，他不在的时候，我偷看地图，为了查看他新的成绩。他开始探察我们一直避开不去的山谷的一部分，因为从山下也看得出那上面什么也没有：既没有村庄，也没有水；既没有避难所，也没有美丽的山峰，只有径直往上的海拔两千米的荒凉山坡，以及无穷尽的布满石子的山地。我相信他是想到那里平息自己失落的情绪，抑或是去寻找一种与他的性情相似的景色。他不再邀我跟随前往。按照他的看法，现在我应该主动到他那里去才是；如果我曾有过勇气说"不"，现在，得轮到我拿出勇气来请求"原谅"和说声"劳驾"了。

攀登冰山的时候到了，就在我们的两天圣母升天节假日，我见到父亲在准备防滑用的冰爪钩、像一种武器般锋利的破冰斧以及被摔打损坏的行军背包。我仿佛觉得他是登山突击队最后的幸存者，上个世纪三十年代登山的士兵中的一员，由于盲目地登山，他们去阿尔卑斯山的北侧崖壁上集体送死。

"你得跟他说说，"那天早晨母亲对我说，"你瞧，他很难受。"

"难道不该是他来跟我谈谈吗？"

"你能做到；他不行。"

"能做什么？"

"得了，你心里明白。他只等你去那里，要求跟他一起去。"

是的，这我知道，可我没那么做。我去了自己的房间，之后不久，我从窗户里望着父亲迈着沉重的步伐远离而去，行囊里装满了超负荷的铁器。冰川是不能单独前往的，而我知道那天晚上他得委屈地找人搭伴。在高山旅社里，总有人是这样子：穿梭在饭桌之间，聆听别人的交谈，参与他们的谈话，最后提出次日加入团队之中，虽然深知没有人高兴把一个陌生的外人连结在自己的绳索上。在那一刻，我觉得那是对他最好的惩罚。

***

那年夏天，我也受到了惩罚。经过多次在崖石上的训练，我跟两个小伙子去尝试了人生中第一次真正的登山。其中一个就是去他家地窖取葡萄酒的收藏家的儿子，是团队中最健壮的，他是热那亚人；另一个是他的朋友，开始登山才几个月，既没有激情，也没有天赋，也许就是为了跟着他。崖壁离道路很近，我们只须穿过一片草坪就可抵达登山的地方。崖壁那样垂直突出，牲畜都用它来躲避日晒雨淋。我们把鞋子搁在奶牛中间，然后，热那亚小伙子交给了我一条安全带、一只带包头的弹簧钩，把我们俩都系在绳索头上，他自己系在中间，并且大大咧咧地对另一位说一定得注意安全，就出发了。

他敏捷又轻巧地往上攀登，身轻如燕，毫不费劲。他很有把握，无须东摸西摸地寻找手脚可攀登的支撑点。他不时地摘掉安全带上的脱钩，把它钩在标出路的一颗钉子上，并把绳索塞进弹簧钩里；然后，把手揣到盛镁粉的小口袋中，往手指头上吹气，重又不费劲地往上爬。看他那样子真是很帅。帅气、优雅、轻捷，这都是我特别想从他身上学习的优点。

他的那位朋友可连他的一种优点都不具备。登山时，我从身边看见他，因为当热那亚小伙子到达停歇之处朝我们喊，让我们一起往上爬时，我们与他之间有几米的距离。就这样，一下又一下地牵拉绳索，这位同伴又处在我的头顶上方。我经常得停下来，因为我处在他的鞋子底下。于是，我转身去遥望身后的世界：八月底发黄的田野，在阳光下闪熠的河流，公路上奔驰的车辆显得很小。高空并不令我害怕。离开大地，悬在空中，我感觉很好，我身体攀登的动作很自然，这些动作要求身体聚精会神，不光是肌肉和两叶肺。

我的同伴却太过使用双臂，而很少用双脚。他粘在崖岩上了，不得不摸索着寻找支撑点，以便用手足去攀登。当他找到了安全带上的环扣时，就抓住了它。

"不能这样做。"其实我不该这么说。我应该任由他按自己的想法去做。

他烦躁地看了看我，说道："你想干什么？你老是在这下面，想超过我吗？"

从那一刻起，我就成了他的对手。他在停歇时对另一个说："彼得罗太着急，把登山当作跑步了。"我没有说："你的朋友是个捣蛋鬼，抓在钉子上了。"我明白这样一来，结果就是一对二了。从那以后，我与他保持距离，但他不时地来句俏皮话，而我的竞技状态成了那天的笑话了。玩笑中总落在他们后面的我，得不断地踢脚摇晃身子以保持平衡。收藏家的儿子看到笑了。当我出现在最后的停留处时，他对我说道："你攀登得真猛。你想试试走在前头吗？"

"好吧。"我回答说。实际上我只不过是想早些爬完，好让自己平静些。当时我对自己已经很放心，身上的所有脱钩都在，我甚至无须按惯例调换一下。我抬起目光，看到一颗钉子插在一条崖石裂缝里，我就登上去了。

倘若你头上有一条绳索，找到一条路很容易；要是绳索在脚下，那就是另一回事儿了。我把第一只弹簧钩挂上去的那颗钉子呈环形，是旧钉子，不是沿着岩壁闪耀发亮的一块钢片。我决意不理会它，并且朝着裂缝继续向前，因为我攀登得挺顺利。只是再往上走，裂缝开始变细了，不久后就在我手中消失不见。现在我脑袋上方是一个黑色潮湿的山脊，它往外突伸着，想不出有什么主意能够越过去。

"我往哪里去呀？"我喊道。

"我从这里看不见，"热那亚小伙子朝我喊道，"有钉子吗？"

没有，那里没有钉子。我紧紧抓住裂缝的最后一段，探出身子往左右两边张望，想看看自己是否能找到钉子。于是，我发现自己跟随了一条错误的线路：一排钢片斜着在我右边几米的地方往上延伸，围绕着那山脊一直到山顶。

"我搞错了道啦！"我叫喊道。

"啊，是吗？"他朝我喊着，回答了我，"那里怎么样？你能穿越过去吗？"

"不行，这里太光滑了。"

"唉，那么你得回到下面来。"我没看见，但我听见他们在下面乐。

不过，我从来没有攀援而下过。我登上过的裂缝，仿佛不可能从高处望它。我想更用力地抓住，此时，我发觉那颗生锈的铁钉已距离我四五米远。我的一条腿开始哆嗦起来：那是从膝盖开始，一直到脚跟，一种控制不住的战栗。脚已不再听从我的使唤，双手也在出汗，我觉得岩石在我脚下滑落了。

"我掉下来了，"我喊道，"你接住啊！"

我往下掉落。从十来米高处掉下来真不算太严重，不过，须知道怎么掉下去：把身体往外推离岩壁，到陆地时用双腿减轻碰击的力度；没有人教过我得那样做。我径直往下掉落，在岩石上擦破了皮肤，竭力想稳住自己。当我抵达底下时，感到腹股沟一阵剧痛，不过，这另外的疼痛是一种幸运，就是说，有人截住了绳索。现在他们都不笑了。

之后不久，我们从崖壁顶上走了出来。很奇怪，那一瞬间重又看见了牧场在离峭壁一步之遥的地方，看到一根细绳牵着的奶牛在牧场上吃草，看到一片倒塌一半的高山牧场和一只狂吠的狗。我们席地而坐。我刚才受了惊吓，全身疼痛。我满身是血，能感觉得到朋友们觉得自己有错，因为其中一个问我："你肯定自己没事儿吧？"

"没事儿。"

"抽支烟吗？"

"谢谢。"

我肯定那是我们分享的最后一支烟。我躺在草地上，望着蓝天抽烟。他们还在跟我说些什么，但在那一刻，我已经不再听他们说。

就像每年夏天那样，临近八月底的天气说变就变。下雨了，天凉了，是大山本身使你想下到山谷里去享受温和的九月时光。父亲又出发了。母亲又开始生炉子。在短暂的晴朗日子里，我到树林里去捡拾柴火，把落叶松的干树枝扯下来，树枝"噼啪"一响就折断了。在格拉纳小镇那里，我身体不错，不过，这次因为要回城里，我也挺激动。我感到有那么多东西要去发现，那么多的人要去寻找，而不久的将来为我准备着重要的变化。我体验着那些最后的日子，深知从许多意义上来说，那都是最后的日子了，仿佛已经是经历过的大山的一种记忆了。我喜欢的日子就是如此：我和母亲重又孤独地生活，厨房的炉火噼啪作响，早晨天气寒冷，我沉浸在阅读中，或在树林里漫步游逛。在格拉纳，没有可攀登的岩石，但我发现自己可以在牧人的小屋外墙上训练。我有规律地从墙体棱角上上下下，避免过分轻易就抓住，并且只用手指尖把自己稳定在最细小的凹陷处。然后，我穿过一个又一个的棱角，再返回来。我用这样的方式，攀越了山村里所有倒塌的房子。

一个星期天，天空重又晴朗。我们用早餐时，有人敲门，是布鲁诺。他站在阳台上，微笑着。

"哎，贝里奥，"他说道，"你上山来啦？"

他开门见山地跟我聊天，说他舅舅那年春天有了放养山羊的想法。他让山羊在野生状态下生活，把它们放养在高山牧场对面的大山之中，这样，他只须晚上用望远镜观察它们就行了，查点一下是否都在那儿，确保没有从他能看到的地方走远。只是最后的夜晚里，那边高山处下了雪，舅舅再也找不到它们了，很可能它们躲到某个洞里去了，或许，跟在一群过路的北山羊后面逃走了，天知道。布鲁诺像是在讲述他舅舅的另一次吹牛的举动似的。

他现在有一辆摩托车，一件没有牌照的旧铁家伙，我们骑着它驶过了直通高山牧场的整条道路，躲开了低矮的落叶松树枝，还溅了一身污水坑的泥巴。我喜欢趴在他背上待在后座上，也没发现他有任何尴尬。然后，我们信步径直沿着一条小路行走，在他舅舅牧场的背面。在这片石多草稀的山坡上，到处是母山羊的粪便。沿着山坡我们登上了长满杜鹃花的河岸和一些山中草地，上面流淌着几乎快干涸的小溪。随后，开始见到白雪。

直到那一刻之前，我仅仅认识大山的一个季节，一个短暂的夏季。在七月初，类似春天，在八月末，类似秋天。但是对山里的冬天，我一无所知。我和布鲁诺在小时候经常谈论到这个。当临近返回城里去时，我变得很伤感，并且想象着与他一起整年在山上生活。

"可你不知道冬天这里什么样，"他对我说，"只有雪。"

"我喜欢看雪。"我回答说。

现在雪就在那里。那不是三千米高的悬崖裂缝上结冰的雪，那是柔软的新雪，它渗入你的鞋子，浸湿你的脚，而奇怪的是当你把脚提起来，在脚印里却发现了踩扁的八月的花朵。雪刚深至脚踝，但是已抹去双脚留在路上的痕迹。白雪覆盖着灌木、洞孔和石头，所以每一步都可能隐藏着一个陷阱，而我不善于在雪上行走，只能跟着布鲁诺，把脚放在他踩过的地方。像往日一样，我不知道何种本能或记忆在引导着他。我跟在他后面走就是了。

我们走到了另一个山坡的山脊上，风向刚一转，就传来了牲畜颈项铃的响声。母山羊躲避在前面最底下的岩石下面。走下去并不困难；它们三五成群，母羊四周围着小羊，在没有雪的空间里躲藏起来。布鲁诺数了数，一头羊都不少。经过在山上一夏天的野生放养，它们没有奶牛那么听话。我们沿着走过的路再上山，他吆喝着把母山羊召唤在一起，向那些径直走开的山羊扔雪球，嘴里咒骂着他舅舅和他那些蠢主意。我们回到了原先的山脊，然后又下到雪地里，走在杂乱无序又喧闹的那一队行列之中。

当我们双脚踩在青草上时，应该是中午了。一眨眼的工夫，重又是夏天了。饥饿的母山羊散落在草地上。我们跑步继续跟着走，并非因为着急，而是在山里我们只知道这样走，而且下山总会让我们变得欢欣喜悦。

当走到停放摩托车的地方，布鲁诺说："你登山时我看到你了。你挺棒的。"

"我是今年夏天才开始练的。"

"你喜欢吗？"

"太喜欢了。"

"就像溪水的游戏吗？"

我笑了起来。"不，"我说道，"没那么喜欢。"

"我在今年夏天砌了一堵墙。"

"在哪里？"

"在山上，在一个牛棚里。那墙原来快倒塌了，我们不得不重新砌。只是没有路，我不得不骑摩托车来回跑。我们得像往常一样干活，使用铁铲、水桶和镐头。"

"你喜欢干活吗？"

"对，"想了片刻之后，他说道，"我喜欢干活，但用那种方式干活并不容易。"

有别的什么事情他不喜欢，但他没告诉我是什么，而我也没有问他。我既没问他与他父亲的关系怎样，也没问他挣多少钱；既没问他是否有了一个未婚妻，或者将来有什么打算，也没问他对于我们之间曾经发生过的那一切是怎么想的。而他也没有问我。他没问我身体怎样，或者我父母身体如何，我也没回答他说：妈妈挺好的，爸爸总跟我闹矛盾。今年夏天事情有了些变化。我以为自己找到了一些朋友，但我搞错了。仅仅一个晚上我就吻了两个姑娘。

我却跟他说了我会步行回格拉纳镇。

"你肯定有把握吗？"

"对，我明天就走，我喜欢走路。"

"你说得对。那就再见了。"

那是夏末我的惯例：最后一次独自进山与它告别。就这样我看着布鲁诺骑上摩托，看着他试了几次后启动了摩托车。突然一声巨响，从消音器喷出一股黑烟。他举起一只手与我告别，并且给摩托车加了油。我也举手向他告别，尽管他已不再看我了。

可是，我当时无法预见，我们将很久很久都不会再见面。明年我就十七岁了，我会回格拉纳镇，仅仅待几天，并且后来将彻底不再去那儿了。未来的日子使我远离儿时的大山，这是一件伤心又美好的、不可避免的事情，是的，我已经意识到这一点了。当布鲁诺和他的摩托车消失在树林中时，我转身朝我们刚才走过的山坡望去，在离开那儿之前，我待了片刻，注视着我们在雪地上留下的长长的痕迹。

第二部分
重归于好的家

5

　　我父亲六十二岁那年去世了，当时我三十一岁。在葬礼上我才发现我是在他三十一岁时出生的。然而，我的三十一年与他的三十一年大相径庭：我没有结婚，没有进工厂，没有能生个儿子，我的生命一半像是他那样的一个男子，另一半还像一个男孩。我住在一间单身公寓里，这对我来说也是一种奢侈，当时费了好大劲儿才搞到手。我原本是想当纪录片导演来养活自己，可是，为了交房租，我什么工作都愿意干。我也是本土移民，从我父母那一辈起就传承了这种思想：到了青春期的某个阶段，人就应该告别自己的出生地，远走他乡去历练成长。就这样，我二十三岁时，刚服完兵役，就出发去都灵追求一个姑娘。后来，我与姑娘的恋情并没能持续，却跟都灵结下了不解之缘。在古老的河畔和拱廊下的咖啡馆里，我很快就适应了城市里的生活，过得自由自在。那些年里我读着海明威，身无分文地流浪，竭力多结交朋友，寻求工作机会和各种机遇。我在每年不固定的节日里，都以大山作为我的背景：尽管我没再回去过，但当我出门时，总会遥望地平线上的高山，觉得那似乎是一种祝福。

　　如今，一百二十多公里的田野和稻田，把我和父亲分隔开。好像也没有多远，不过，得有超越这段距离的意愿才行。两年前，我离开大学时曾最后一次让父亲感到极为失望——我在数学课程上总是得最高分，而我父亲总为我设想一个类似他那样的未来。他说，我丢掉了人生，我回答他说，是他放弃了生活。我们整整一年没有说话，那年我往返于军营当兵，退役后我没跟家里打招呼就走了。这对他更好；对于我来说，也得以走我自己的路，去另一个地方为自己创建一种与他的生活截然不同的生活。就这样，两个人一旦远离开了，就谁也不用再为填补这个距离而作什么努力了。

　　跟我的母亲就不一样。由于我在电话里话不多，她就给我写信。她发现我总是给她回信。晚上，我喜欢坐在桌子旁，拿起纸和笔把我的生活情况叙述给她。我是通过写信告诉她要报考电影学院的决定。我在都灵最初的那些朋友就是在那儿找到的。纪录片很令我着迷，我觉得自己擅长观察和聆听，她回答道："对，你在这方面一直很出色。"这令我欣慰。我知道，要花费很多很多时间才能把这变成一项工作，但我母亲从一开始就鼓励我。多年以来她都寄钱给我，作为回馈，我把自己所拍的一切都寄给她，人物的肖像、地方风光、对城市的考察等，都是没有人看的小影片，然而，我为自己所做的感到自豪。"我喜欢这种正在形成的生活。"当她问我是否快乐时，我这样对她说。我回避回答其他的问题——关于那些交往从未超过几个月的姑娘，因为"一旦事情变得认真时，我就消失了"。

"你怎么样？"我写道。

"我挺好，你爸工作太辛苦，这对他不好。"我母亲回信说。她更多的是聊父亲的情况，却很少谈她自己。工厂处于危机之中，有三十年工作资历的老父亲，非但没有任由工厂倒闭、一味等待退休，反而加倍努力地干。他独自驾车出行，去几百公里以外的工厂企业联系业务，回到家精疲力竭，一吃完晚饭，就倒在床上了。他睡不了几个小时，夜里又起来投入工作，因为心里有事，便无法安眠。不过，母亲认为他不仅仅是因为太操心工厂。"他总是忧心忡忡，可现在这已经变成一种病了。"他为工作忧心焦虑，为已临近暮年而焦虑，母亲一旦患上流感他也忧虑，同时也为我感到忧心。他一想到我会不会身体不好就会在夜里突然醒过来。于是，就叫母亲给我打电话，即使得把我从床上叫起来。母亲说服他等几个小时再说，竭力使他平静下来，让他睡觉，让他放慢节奏。并非他自己的身体已向他发出某些信号，而是他只会如此生活，总是气喘吁吁的；强迫他平静下来，就如同逼着他登山时放慢脚步、去享受清新的空气、别跟任何人较劲比赛一样。

他一半就是我原先所认识的人，一半是从我母亲的来信中发现的另一种人。那另一种人令我感到好奇。我脑子里回想起曾在他身上隐约见到的某种脆弱，某些困惑的瞬间，还有他急于掩饰的迷茫神情。当我从崖岩探身出来，他会本能地抓住我的裤腰带；当我在冰川上感到身体不适时，他显得比我自己还不安。我自言道，也许这另一个父亲一直就在那里，而我却从来没有发现过，尽管第一种父亲的形象是那么充实饱满，但是我开始设想，将来我或许应该、抑或能够跟他一起作另一种尝试。

然后，那个将来突然消逝了，随同它所包含的可能性。二○○四年三月的一个晚上，母亲来电话告诉我说，父亲在高速公路上心肌梗死。人们是在一个路旁停车处发现他的。他没有造成车祸，而且还成功地把一切都处理妥善了：他放上了四个箭头，像是轮胎漏孔或汽油耗尽似的刹了车，把车靠在了路旁。可心脏遗弃了他。驾车高速行驶了太多的里程，保养得太少了：我父亲当时应该感到胸口剧烈地疼痛，而且立即明白哪儿出大麻烦了。他在路旁停车处把发动机熄灭了。连安全带也尚未解开。他仍坐在那里，他们发现他时就是如此，看上去好像是一名赛车手。一种对于他那样的人来说最讽刺的结局。

***

那年春天我回到米兰，在母亲那里待了几个星期。除了操办后事之外，我觉得该与她一起待一些日子。葬礼忙碌几天之后，在其后平静下来的时日里，我惊讶地发现，父亲早就考虑过死亡，真的是这样。在他的抽屉里有一本写有说明的目录，上面记录了银行的资料，以及一切能帮助母亲和我拥有他留下的财产的说明。由于我们母子是他唯一的继承人，所以他无须留下一份真正的遗嘱。在同样的纸页上，他写了要把米兰的房子一半留给我母亲，而为我写明了："我希望彼得罗得到格拉纳的房产和地产。"没有碑文，没有一句告别的话语，一切都是冷冰冰的，却又切实可行，公证人似的。

对格拉纳的那笔遗产，原先母亲几乎一无所知。有人倾向于认为自己和伴侣要分享脑袋里闪过的每一件事情，特别是当他们开始变老的时候。不过，在那些日子里我才发现他们俩自我离家之后，生活在许多方面都是各自分开的。他一直在工作，而她总在旅行。她退休后，在一个为外国人服务的诊所当志愿者，在临产分娩的培训班帮忙，与女友们在一起的时间比与我父亲在一起的还要多。她只知道父亲在前年用不多的钱在山上买了一块地。他没有请求母亲同意花费那笔钱款，也没有邀请她去看看那个地方——他们已经很长时间没有一起出行了——而且她也未曾反对，觉得那是他的私事。

在我父亲的资料文件中，我找到了买卖契约和一张地籍图，可它们没能帮我更多的忙。在一片形状不规则的土地的中央，有一个四乘七平方米的农用小屋。地图太小，看不清楚在什么地方，而且与我习惯用的地图很不一样：没有注明高度和小路名，只有财产权，而且仔细看它，都不清楚那片地的周围是否有树林、草坪或别的什么。

"布鲁诺也许知道在哪里。"母亲说。

"布鲁诺？"

"当初他们总是一起走的。"

"我都不知道你们重又见到过他。"

"我们当然又见过他。在格拉纳那里很难不再见到，你不相信吗？"

"他现在在干什么？"我问道，尽管其实我很想问，"他怎么样？他还记得我吗？这么多年以来他想过我有多想念他吗？"不过，如今我已学会以成人的方式提问了，通过问其中的一件事而去了解另一件事。

"当泥瓦匠。"母亲回答说。

"他从来没有离开过那里吗？"

"布鲁诺？你想让他去哪里呀？格拉纳小村里没有发生多大变化，你会看到的。"

***

我不知道是否该相信自己，因为我已变了。你儿时喜欢的地方，等你长大成人后也会让你感到完全不一样了，会变得令你失望；或者会令你想起并非今日之你的那个自己而产生一种无比的忧伤。并非是你有这种发现这一切的愿望。可是有那笔属于你的产权，而且好奇心占了上风。四月底我独自上山去了，驾着父亲生前开的小车。已经是夜晚，登上山谷时能看到的只是车灯照亮的空间。即便如此，我也注意到不少的变化：山路重建和拓宽的路段，斜坡上的保护网，成堆成堆砍伐下来的树干。有人在建造奥罗尔式的小别墅，还有人在河里挖沙子和卵石，河边筑起了水泥堤岸，在以往河水流经石子和树木的地方。差一等的房屋漆黑一片。淡季关闭的旅馆——或许永远就关闭了，一动不动的铲土机，以及吊臂插入地面的挖掘机，赋予了山村一幅产业衰退的景象，如同那些因为企业破产而被废弃的工地似的。

午后，正当我为这些新的发现而感到沮丧时，有某些东西引起了我的注意。我朝防风玻璃俯身，抬头向上眺望。夜空中有一些白色物体发出一种微光。一瞬间我明白了，那不是云彩，而是仍覆盖着白雪的山脉。我本该期望在四月份能看到积雪的。可在城市里已然是暮春了，我已不习惯把山上的季节往后推了。高山的雪景抚慰了我，我不再为山谷的凄凉之态而颓丧消沉。

很快我就发现自己刚才重复做了一个父亲生前的习惯性动作。我曾多少次看到他俯身向前，抬眼仰望天空？为了考察天气，或者研究一座山的坡面，或者只是为了欣赏山川的形状，当我们驾车经过山路时，他总是这样做。双手放在驾驶盘上，额角靠在上方。我就这样重复这个动作，这次是专心致志地，想象着昔日正值四十岁的父亲，刚刚进入山谷，身旁坐着妻子，儿子坐在后面座位上，寻找着对三个人都合适的落脚处。我想象着我的儿子正睡着觉，妻子指给我看那些山村和房屋，而我假装聆听着。然后，她一转过身，我就俯身朝前，仰望天空，顺应着山峰强有力的呼唤。山峰越是临近和令人害怕，我就越高兴。高处的皑皑白雪，就相当于最好的承诺。是的，也许在那座大山上，有一个好地方等着我们。

通往格拉纳的一条道已铺上了柏油，可其余的似乎没有什么变化；我母亲说得有道理。废墟一直在那里，牛棚、干草垛、粪堆也一样。我把车停在认得的地方，徒步走进黑漆漆的山村，牲口饮水池的哗哗流水声引导着我，在黑暗中我重又找到了台阶、屋子大门和锁洞中的大铁钥匙。屋子里有一股潮气和烟味冲我迎面扑来。我打开了厨房里的炉子门，看到一堆仍炽热的炭火。我把搁在一旁的干柴扔进炉内，然后吹了吹火，直到柴火重新燃烧起来。

父亲留在那儿的杂物也还在老地方。他通常会买一大瓶烈酒，然后在里面放上香料，分别装在较小的瓶子里，加入浆果、枋果和在山上采集的青草。我随便选了一只瓶子，倒上两指高的烈酒以便暖暖身子。酒很苦，也许是龙胆。我端着酒杯坐在炉子旁，给自己卷了一支烟，一边抽烟，一边环顾着旧厨房，然后，期待着回忆浮现出来。

二十年中我母亲干了一桩大好事：无论我转向何处，都能看到她的劳动留下的痕迹。这是一个头脑清晰、懂得如何把一个家收拾得舒适的女人。她总是喜欢木头匙子和铜锅，一点也不喜欢阻挡她往外面看的窗帘。在她最喜欢的窗台上，有一束放在罐子里的干花、她整天收听的小收音机，以及我与布鲁诺背靠背坐在一棵落叶松树桩上的照片——大概当时是在布鲁诺舅舅的高山牧场上，他双臂交叉在胸口，表情相当严肃。我记不得是什么时候由谁拍摄的照片，不过，我们穿的是同样的衣服，摆着同样可笑的姿势，谁见到我们，都会以为是兄弟俩的合照。我也觉得那是一张美丽的照片。我抽完香烟，把烟头扔进了炉子。我拿起空酒杯，站起身去斟满。就在那时，我见到了父亲的地图，还用图钉挂在那面墙上，不过，跟我记忆中的地图相当不一样。

我走近去想好好观察一下地图，随即立刻清楚地感觉到，也就是说，原先的地图——标出山谷小路的一张纸——已经变成了某种别的东西了，某种类似一部小说的东西。说得更确切些，或许类似一本传记了：经过二十年的行走，我父亲笔下标出的每一座山峰、每一处高山牧场、每一所简易旅馆，没有一个他没抵达过，那画出的路程像一张网，在地图上旁人谁也无法辨认。只是如今黑色已不再是唯一的颜色，旁边有时候出现红色的笔迹，有时候是由绿色的笔标出的线条。还有的是黑色、红色、绿色三种线条重合在一起了，虽然多半是用黑色的线条标出十分远的路程。其中肯定应该有一种规则——我待在那里，想竭力寻找出是什么样的规则。

　　我思索了片刻之后，觉得有父亲在我儿时曾让我猜过的一则谜语。我过去把酒杯斟满，又回来观察地图。倘若那是一道密码术，就像我在大学时研读过的那些题，我就会开始寻找出现频率最高的和频率最低的划线。黑色出现的频率最高，三种颜色重合出现的频率最低。是那三种颜色帮助了我，因为我很清楚地记得那一次我、父亲和布鲁诺三个人被困在冰川上的那个点。红线和绿线正好就在那个点上结束了，而黑色的线继续着。于是，我明白了，剩下的路程，后来我父亲独自完成了。黑色自然是他。红色的线伴随着他抵达了四千米的高峰，因此，红色只能是我。绿色就是布鲁诺，用排除法推理。母亲对我说过，他们曾一起行走。我看见地图上标有那么多黑色和绿色的小路，也许黑色与绿色并驾齐驱的线条比黑色与红色并行的线条更多，对此我好生嫉妒。不过，知道在那么多年当中，父亲并没有独自前往，我也颇为高兴。我头脑里隐隐约约地想到，这张挂在墙上的地图兴许是在向我传递着一种信息。

后来，我去了当初我住的屋子，但是在那里过夜太冷了。我从床上抱起被褥，把它们搁到厨房里，并且在上面铺上了毛皮睡袋。我把烈酒和烟叶放在伸手能及的地方。在熄灯之前，我往炉子里塞满了柴火，黑暗中聆听着炉火长时间地燃烧着，久久难以入眠。

***

布鲁诺一大早就来找我。他已长大成人，我都快认不出他来了，但某些地方还保留着当初我所认识的那个小男孩的样子。

"谢谢你点燃的炉火。"我说道。

"瞧你说的。"他说。

他在晒台上握了握我的手，跟我按惯例说了一句客套话，那是在最近两个月中应该习惯了的而如今我再也听不到的话。本来在老朋友之间用不着那样，不过，谁知道如今的我和布鲁诺究竟是什么样了。我觉得他握着我的右手更加诚恳，它干燥、粗糙，长满了茧子，有某种我不懂得的奇怪之处。他察觉到我的困惑，举起右手给我看：那是一只泥瓦匠之手，食指和中指都缺了指骨。

"你看见了吗？"他说道，"有一次我用爷爷的枪干了傻事，我本想射一只狐狸，'砰'的一声，却弄断了自己的手指。"

"子弹在你手里爆炸啦？"

"不完全是。是枪上的扳机有毛病。"

"哎呀，"我说道，"得有多痛啊。"

布鲁诺耸了耸肩膀，似乎在说，生活中有更糟的事。他看了看我的下巴，问道：

"你从来不刮胡子吗？"

"大概留了十年了。"我摸着胡子说。

"有一回，我也试着留。只是当时我有了一个姑娘，你知道她会怎么样。"

"她不喜欢你留胡子？"

"可不是嘛。你留胡子挺不错，像你的父亲。"

他微笑着这么说。由于我们都竭力想打破僵局，所以我努力不去在乎这句话的含意，而且对他报以微笑。然后，我关上了门，跟他一起走了出去。

深谷里的天阴沉沉的，春天的雨云压着。好像刚刚停了雨，而且随时可能再下起来。连壁炉的烟也无法升起：沿着湿润的屋顶盘旋而下，蜷缩在屋檐下。在冷冰冰的光线下，走出山村时，我重又看到每一所棚屋、每一间鸡舍、每一处堆柴间，仿佛打从我出走后，没有人挪动过任何东西。而那完全颠覆了我的印象的，却是稍后穿过最后的村屋时所见到的：山谷底下的溪流沙滩比我记忆中加宽了一倍。仿佛有一把巨大的犁耙新近把它翻了个儿。它流淌在布满卵石的宽阔地带，被赋予一种苍白的模样，即使在这解冻的季节里。

"你见到了吗？"布鲁诺问道。

"发生什么事情啦？"

"二〇〇〇年的水灾，你不记得啦？那么大的洪水冲泻下来，以致他们得用直升机把我们运走。"

有一架挖土机在下面操作。二〇〇〇年我在什么地方呢？我的身躯和心灵离得那么远，连格拉纳发生这么大的水灾都未曾知晓。溪流仍充斥着树干、梁木、水泥块，以及各种渣滓，全是从山上冲刷下来的。在河流的拐弯处，被侵蚀的河岸露出了树根，它们露出头来寻找着不再有的土壤。昔日我们钟爱的老山涧令我心中感到十分悲凉。

然而，稍高处靠近磨坊那里，我看到一块白色的大石块，圆圆的，呈轮子状，搁浅在水中，精神遂为之一振。

"这也是河水泛滥所致吗？"我问。

"不是，"布鲁诺说，"那是我以前推下去的。"

"什么时候？"

"当时我想庆祝我的十八岁生日。"

"你是怎么推下去的呢？"

"用千斤顶。"

我想笑。我想象着布鲁诺怎么提着千斤顶走进磨坊，又怎么从石磨后面走出了门，开始滚动石轮。我真想自己也在场。

"好玩吗？"我问。

"好玩极了。"

布鲁诺也笑了。而后，我们并肩朝我的房产所在地走去。

***

我们登山的速度比以往慢多了，因为我体质不太好，头天晚上又喝了太多的酒。上面被洪水冲袭的深谷里，沿岸的草坪变成了一片沙石滩。布鲁诺不得不经常转身，见我落在后面那么远，感到颇为诧异，不时停下脚步等我。我咳嗽了几下，对他说："你走你的，我会赶上你。"

"不，不。"他说道，仿佛他给了自己一个明确的任务，有责任完成它。

连他舅舅的高山牧场也不再有昔日的好状态。当我们经过那儿时，我见到一所茅屋的屋顶弯成船形，搁房梁的墙头往外突伸着。看上去，只要来一场暴风雪，就足以使它倒塌。牛舍外面，翻倒的浴缸已锈迹斑斑，铰链已掉落，门被胡乱地扔在墙边。正如路易吉·古列尔米纳所预言，牧场上到处长出了早春的小落叶松，谁知它们花了多少年的工夫，而且也不知道布鲁诺的舅舅遭遇了什么事。我本想问布鲁诺，但他没有停留下来，就这样我们经过了高山牧场，一言不发地继续赶路。

除了被冲毁的山间茅屋，水灾还造成了更坏的损失。在昔日牧草繁茂的季节里奶牛前往的地方，洪水还冲走了一片大山。山崩冲走了树木岩石，以致倒塌的不稳定的山石泥渣四年之后还不断掉落在山脚下。布鲁诺继续沉默不语。他脚上的登山鞋深陷在泥土中，在前面带路，从一块岩石跳至另一块岩石，抑或在倒地的树干上保持平衡地走着，而且不转身回头看。我得跑步才跟得上他。直到塌方落在身后，迎面而来的是树林，他才终于开口说话了。

"以往这里也很少有人经过，"他说，"现在已经没有小路了，我想只有我上这里来。"

"你经常来这儿吗？"

"是的，傍晚来。"

"傍晚？"

"当我下班之后想出来转一转时。假如偶尔天漆黑了，我就在家待着。"

"是的，有人去酒吧的。"

"我去过酒吧。现在酒吧就算了，最好是树林。"

然后，我提了个不该问的问题，那种跟我父亲一起登山时不能问的问题："还很远吗？"

"不远，不远。只是过一会儿我们就会遇见雪了。"

在岩石阴影处，我已看到了：落过雨水的积雪已变成了烂泥状。但再往高处，当我抬起头，看到布满石块的山地上尽是雪污斑点，覆盖着格雷诺大片大片的凹地。整个北坡，仍然是冬天。白雪按照山脉的形状覆盖着，如同一卷胶卷的底片，在阳光照耀下的岩石是黑色的，在阴暗地带的残雪是白色的——我们抵达湖边时，我正在这样思索。就如初见似的，湖面突然展现在我眼前。

"你还记得这个地方吗？"布鲁诺问。

"嗯，记得。"

"不像夏天时那样，是不是？"

"不像。"

我们眼前的湖面，在四月份还覆盖着一层冰，像瓷器上形成的那些天蓝色裂纹的无光泽的冰层。大自然在裂纹的产生和断裂的线条形成方面没有几何的概念。冰层在湖水的推动下掀往各个方向，沿着湖岸，在阳光下已经可见湖面上最初的一些深浅不同的差别，开始融化的冰层预示着夏天的开始。

但是，在凹地里转悠，用目光环视，仿佛看到了两个季节。这边是山石滩、刺柏树丛、杜鹃花以及稀少的落叶松灌木丛，那边却是树林和白雪。沿着格雷诺下来的是一条泥石流的痕迹，在那儿泻向湖里。布鲁诺正往那个方向走去。我们离开湖岸，开始爬上雪山斜坡，脚底下总是有一块结冰的地皮，不时地会突然塌陷。当雪地塌落，我们就陷在雪坑里直没至大腿根儿。每走错一步，就要付出陷进雪坑难以自拔的代价，在布鲁诺允许停留片刻之前，这样一瘸一拐地得走半个小时。他终于发现了耸立在雪地上的一道石墙，骑上了墙头，脱下登山靴，拍掉泥雪。我却不理会打湿的双脚，坐了下来。我累得不行了，真想回到炉子跟前吃东西睡觉。

"我们到了。"他说道。

"这是什么地方？"

"什么地方？到你家了。"

这时候我才环顾四周。尽管雪地变换着各种形状，仍可以看得出，我们所在的地方，斜坡形成了一种树木丛生的梯田。一道光滑的岩壁，高高的，非同寻常的白，垂落在这片面临湖水的台地上。雪地上露出三道不带灰泥的墙头的残壁，我现在就坐在其中的一道墙垣上，这三道墙垣皆由同样白色的岩石构成。两道短墙，一道长墙前面，四乘以七，如同我的地籍册的地图所标出的那样，第四道墙就是那面光滑的岩壁本身，它提供了石料，并支撑着其他三道墙。倒塌的屋顶已经没有任何痕迹了。不过，在废墟堆的雪地中及时长出来一棵小小的五针松，它在砾石堆中为自己开辟了道路，且如今已长到墙头那么高了。它就在那里，我的遗产：一道岩壁，雪地，一堆凿成方形的石头，一棵松树。

"我们当初来到这里时，是九月份，"布鲁诺说道，"你父亲立刻就说：就是这个。我们曾看到过很多这样的小石头房子，我陪着他寻找的时间不短了，但他一下子就喜欢上了这儿。"

"是去年的事情？"

"不，已经三个年头了。而后我得找到地产业主，并且得说服他们。这里人人都有地产。他们可以一辈子守着一片废墟，但不可以把它给另外的人来做什么事情。"

"他想用来做什么呢？"

"造一座房子。"

"一座房子？"

"当然。"

"可我父亲一直憎恶房子的。"

"嗯，看来他后来改变想法了。"

这时开始下起雨来。我的手背上感到落下了一滴雨，我看到雨中夹带着雪。甚至天空也仿佛困惑地夹在冬天和春天之间。云彩遮挡着山峦的景色，减除了事物的分量，不过，即便是这样的一个早晨，我也能够领悟这个地方的美。一种深沉的、刺激人的美，它并不是赋予人平和，而是力量，以及少许的痛楚。颠倒的美。

"这个地方有名字吗？"我问道。

"我想是有名字的。据我妈说，从前人们把它叫作

'barma drola'。这些事情上她不会搞错；所有的名字她都记得。"

"那里的岩崖壁就是 barma?"

"对。"

"那 drola 是什么意思?"

"'奇怪'的意思。"

"因为它那么白，所以说它'奇怪'。"

"我想是的。"

"奇怪的崖壁。"我念道，为了感觉一下听起来怎么样。

我坐在那里待了片刻，环顾四周，思量着这份遗产的含义。正是他，我父亲，为了逃避房屋过另一种生活，怀抱着在山上建造一座房子的愿望。他未能实现他的愿望。但是他想象着自己可能会死去，就想到把这个地方留给我。不知道他想要我做什么。

"我准备夏天干。"布鲁诺说道。

"准备干什么?"

"干活呀，不是吗?"

我不明白，他解释道："你父亲已经按照自己的想法画好了房子的建筑图。他让我答应由我给他建造。他对我提出这个要求的时候，当时就坐在你现在待的地方。"

那些日子里，有没完没了的新发现。标出山路的地图，伴随着黑色的那些红色和绿色的线条。我想，布鲁诺要对我讲述的故事实在太多了。至于房子，假如我父亲当初以这种方式早已安排好了一切，我看自己也没有理由反对他的意愿——除了一件事。

"不过，我可没有什么钱，"我说道，"我收到的那些钱得用来填补我亏空的账目。还剩下一些钱，但不足以用来造一所房子，我也不想把钱用于这种目的。要满足过时的愿望，有一张长长的单子呢。"

布鲁诺表示认同。我的异议在他意料之中。他说："我们只要买材料。而且就是买材料，我想我们也可以节省很多钱。"

"是的，可是谁支付你工钱呢？"

"你别为我操心。在这儿，这并非是一种得让人付钱的活儿。"

他没有对我解释他的意向，而当我正想问他时，他又补充说："有人能给我搭把手倒是用得着。带一个泥瓦匠我就可以在三四个月之内完工。你说成吗？"

要是在平原上，我可能会笑起来。我会回答他，说我什么也不会干，我任何忙都帮不了他。可我是坐在雪地上的墙根旁，面对着海拔两千米的冰冻的湖水。我觉得有一种难以回避的感觉：出于一些我不知道的原因，我父亲愿意把我带到这片泥石流侵袭过的台地，在这块奇怪的岩石下面，和那个人一起在这片废墟上干活。我自言自语道："好吧，爸爸，再给我出另一道谜语，看看你为我准备了些什么东西。看看我还有什么新东西得学习。"

"三四个月？"我问道。

"是的。是座十分简单的房子。"

"你想什么时候开始呢？"

"雪开始融化的时候。"布鲁诺回答说。然后，他从墙上跳下来，开始对我讲解他打算怎么干。

6

那年雪消得早。七月初，我回到了格拉纳，正值解冻
季节盛期，山溪涨满了水，流遍山谷，形成的瀑布和潺潺
溪流是我从未见过的。仿佛感到脚下的雪，那融化在山上
的雪，使千米以下的土地湿润得像苔藓一般。我们决意
不在乎天天落下的雨：某个星期一的黎明时分，我在布鲁
诺家拿了一把铁铲、一把镐头、一把大斧子、一把电锯和
半桶柴油，我背上这些家伙一直爬上"奇崖"——我们开
始这么称呼我的那份家产了。虽然布鲁诺背负的东西比我
沉得多，但恰恰是我得每一刻钟就停下来喘粗气。我放下
背包，坐在地上——以往我父亲叫我别那么做，全然谬

误——我们默默地待在那里，避免相互对视，同时我的心跳放缓慢了。

山上的白雪化了，代之显现的是泥土和枯草，这样我就能更好地了解废墟的情况。墙体至一米高的部位是结实的，多亏那些连我们俩都挪不动的基石；但是，一米高以上的墙体却往外突出，是被屋顶的房梁在倒塌之前顶出来的，而低矮的墙头全都不稳固，一人高处的几排石头都摇晃着。布鲁诺说，我们得把那些墙全都拆至墙脚。不必浪费时间把歪斜的墙头再竖直；最好全推倒，重新砌墙。

不过，首先得准备好工地。我们走进废墟时是早上十点钟，开始把崩塌在屋内的瓦砾腾空。都是些板条，以往是房顶的木梁，也有底层和一层之间的地面板条，而在这些烂木条中间，长达六七米的梁木还嵌在墙体内，或戳在地上。有些板条尚未被洪水浸泡坏，布鲁诺尽力分辨出好坏以再次使用。我们花了好长时间把完好的板条腾出来，把它们拖到外面，放在两块倾斜的木板上滚落到墙外，而那些已腐烂的板条都被砍成木柴搁在一边。

由于手指残疾，布鲁诺学会了使用一种左撇子用的电锯。用一只脚踩住树干，紧挨着登山鞋底用锯刀的尖端锯木条，扬起的木屑落在他的身后。空气中散发着一股炽热的木头香味。然后，锯下的木条掉落在地，我走过去把它捡起堆在一旁。

我很快就感到累了。胳膊累了，双腿更累，我已不习惯这种体力活。中午，我们从弥漫着木屑和尘土的废墟堆里走了出来。在那面大岩石壁底下，有四根落叶松树干，砍倒后放存在那儿已有一年：在适当的时候，它们将成为新房子的屋顶梁柱，不过，现在我坐在它们之中的一根上面歇着。

"我可累了，"我说，"而我们还没有开始干呢。"

"我们已经开始了。"布鲁诺说道。

"光是撒空大概要一个星期。还得把墙推倒，把周围腾空。"

"可能吧。不知道。"

这时，他已经用石头筑起一个炉灶，用木柴片点燃了小火。由于我出了一身汗，很高兴也能在燃着的柴火跟前擦擦汗。我在衣兜里摸了摸，找到了烟叶，卷了支香烟。我把烟卷递给他，他说："我不会抽烟。要是你给我卷了，我可以试试。"

而后，当我给他点烟时，他不得不克制着让自己别咳嗽。看得出来，他不习惯抽烟。

"你抽烟很多年了？"他问道。

"当初我是在这里开始抽烟的，那是一个夏天。所以那年我应该是几岁来着，十六七岁吧。"

"真的吗？我可没有见过你抽烟。"

"因为我是偷着抽的。我溜到树林里去，为了不让人看见；或者爬到屋顶上。"

"那你是躲着谁呢？躲着你妈妈？"

"不知道。我躲着就是了。"

布鲁诺用折叠刀削尖两根小木棍。从背包里拿出一根香肠，切成几小块，把它们串在烤肉钎上，放在火上烧烤。他还带了面包，一只黑色的圆面包，把它切成两大块，递给了我一块。

"你听着，要花多长时间不要紧。干这种活儿，别想得太多，否则，你会变成疯子的。"他说道。

"那我该想些什么呢？"

"想想今天。你瞧，多好的天气。"

我环顾了四周。真得意志坚定才能如此形容那一天。那是暮春的天气，山里总刮着风。厚厚的云层来来回回地遮掩着太阳，空气还相当寒冷，仿佛冬天执意不想让位去待在一旁。山下面的湖水像是黑色的丝绢，寒风吹起层层涟漪。甚至那都不是波纹，倒像是一只冰冷的手抚平了湖面的波纹，我真想伸开双手放在炉火旁，然后偷取些许热量。

下午我们继续往外清瓦砾碎石。我们在废墟的底下发现了一块木头地板，它清楚地指明了被毁损的建筑物的本质。靠着长墙的那一边，我们发现了几口牲口槽，房子中央有一条小水渠，用作排泄粪便的沟渠。那是长时间以来被牲畜的嘴和蹄子磨光了的三指厚的木板。布鲁诺说，我们可以把木板洗刷干净，用它们来建造些什么。他用镐头开始把那厚木板撬起。这时我看到地上有一件东西，就把它捡了起来，是一个光滑的木头角，空心的，像是一种动物的角。

"那是用来作镰刀石的。"当我把它拿给布鲁诺看的时候，他说道。

"镰刀石？"

"一种用来磨镰刀的石头。它可能有个名字，但谁还能记得起来呀。我得去问我妈妈。我想是河里的一种石头。"

"河里的？"

我觉得自己像个孩子，一切都得由他教我。他对我提出的那些问题，表现出极大的耐心。他从我手里拿了木角，把它挂在腰间。然后，他解释道：

"那是一种光滑的圆石头，几乎是黑色的。想要磨出锋利的镰刀，得把它打湿了。我把它挂在腰带上，让它沾上点水，当你使镰刀时，你可以不时地沾湿石头，磨镰刀的刀刃，就这样。"

他用手臂在脑袋上方画了个半月圈儿，做了个柔软的大幅度的动作。我看得十分真切，想象着镰刀和用来磨刀刃的石头。在那个时候我才意识到了，我们正在重新做着儿时最喜欢做的一种游戏；我不知道，为什么我先前没有这样想，可我们曾经进入过多少处像眼前那样的废墟呢。我们曾经从摇摇欲坠的墙壁洞里走进去。我们曾经在脚底下晃动的木板地上行走过。我们偷了残渣废料，错把它们当作宝贝。我们那样做了很多年。

于是，我开始以别样的眼光来看待我们着手从事的工程。直到这时我才相信自己仅仅是为了父亲才来到这里的：为了实现他的意愿，为了弥补我的过失。然而，在那个时刻，望着布鲁诺在磨着想象中的镰刀，我觉得接受到的遗产对于我们中断了的友谊来说，好像是一种补偿，或者说是另一种可能的弥补。难道我父亲想赠予我的正是这个？布鲁诺最后看了看那块镰刀石，把它扔在用来烧火的木柴堆里。我走过去把它捡了回来，收好，心想也许能在将来为它找到某种用处。

对那棵生长在废墟里面的五针松，我也同样那么做。到了下午五点钟，当我已经累得什么事情也干不了的时候，我在小松树四周用镐子刨，成功地把它连根拔了出来。树干细弱又弯曲，因在这样的环境中生长，要从废渣瓦砾堆中间摄取阳光。裸露在外的树根使这棵松树看上去奄奄一息，我急忙把它移植到远处。我在台地的边缘处挖了个洞，从台地上可以更看得清楚湖面，我就把松树植在那里了：我用土盖住了树根，把土压结实了。可当我离开小树时，寒风就开始把它吹得来回摇曳，我很不习惯那样的风。当时我觉得这棵树似乎是一个太过脆弱的小生物，长期受到石块的保护，突然任由大自然的各种元素摆布。

"你说这松树能活吗？"我问道。

"怎么说呢，"布鲁诺说道，"这是一种奇怪的植物。在它原本生长的地方茁壮地生长，一旦把它挪到另一个地方就变得脆弱了。"

"你已经试验过？"

"试过几次。"

"进展如何？"

"不好。"

他望着地上，当重又想起了一个以往的故事时，他总是这个样子。

"我舅舅曾经想在家前面植上一棵五针松，"他说道，"我不知是为什么，也许他觉得松树能给他带来好运。他需要好运气，这说来话长了。于是，他每年都让我上山里去弄一棵小松树，可最后都被奶牛踩死了。过了一阵子，我们就不再那么做了。"

"你们怎么称呼它？"

"五针松？"

"噢，是的。是幸运树，它带来好运。"

"人们都这么说。你若相信，也许就会给你带来好运。"

不管能否带来好运，我很看重这棵小树。我在树干旁插上一条粗棍子，用一根绳子给它捆了好几道。然后，我去湖边盛满一罐子水，浇灌好松树。当我回到上面，看到布鲁诺已做好一块踏脚板搁在了大墙壁下面。他把老房子屋顶上的两块木梁放在地上，在木梁上钉上几块木板。现在他从背包里拿了条细绳子和一块防水帆布，就是那种在格拉纳用来遮盖田间干草垛的帆布。用两根小木桩子把帆布的两个角固定在岩石的裂缝中，把另两个角固定在地上，这样，他就获得了一个躲藏的地方，把背包和贮备物品放在那里。

"你把那些东西留在这儿啦？"我问道。

"不是把东西留在这儿，是我也要待在这里。"

"什么意思，你留在这儿吗？"

"我要在这儿睡。"

"你睡在这里？"

这一次他失去了耐心。他粗暴地回答说："我可不能每天浪费四个小时的工，你觉得呢？泥瓦匠在工地上得从周一待到周六。泥瓦小工才带着干活的家伙上上下下来回跑。人们就是这样干的。"

我看了看他造好的宿营地。现在我才明白他的背包怎么会那么满。

"你打算在这里面睡四个月吗？"

"三四个月吧，看需要。已经夏天了，周六我下山，睡在床上。"

"那么说来，我也得待在这里了。"

"以后看情况，还有一大堆材料得往山上运呢。我已借了一头骡子。"

对于我们有待要干的工程，布鲁诺已考虑了很久。我是在临时打算，他可不是。他筹划好了每个阶段，考虑好了我的职责和他要尽的职责，估计好了时间和调度转移。他告诉我在什么地方他准备了东西，第二天我该给他捎上什么东西，他母亲会指点我如何装载骡子。

"我早上九点钟等着你。晚上六点钟你就没事了。总得看对你合不合适，哎。"

"对我当然合适。"

"你觉得能干得了吗？"

"没问题。"

"好样的。那么，再见了。"

我看了看时间：已经是六点半了。布鲁诺拿了一条毛巾和一块肥皂，朝山头走去，到他熟悉的某个地方去冲洗。我注视着废墟，它仍是我早晨发现它的时候的样子，只是里面已经空了，而外面有一大堆木头。我想，第一天的活干得不错。而后，我拿起背包，告别了小松树，起身朝格拉纳村走去。

***

六月里我最喜爱独自一人在一天结束后下山的那段时光。早上就不一样：我着急，而骡子不听我使唤，我一门心思只想赶快到达山上。晚上却没有任何理由赶山路。六七点钟往山下走，山谷深处太阳还高高悬在那儿，到十点钟我都有照明的灯，而没有人在家里等我。我平静地走着，疲惫的我思维迟钝，骡子跟在我身后无须照应。从山湖到泥石流山崩之处的山腰上盛开着杜鹃花。古列尔米纳的高山牧场上，围绕着放牧人住的小房子四周，我意外地看见在废弃的牧场上吃草的狍子，它们竖起耳朵，警觉地凝视着我，然后像小偷似的逃进树林。我有时停下脚步抽烟。骡子吃草时，我就坐在落叶松的树桩上，我和布鲁诺在这里合过影。我观察着高山牧场，注意到人世间事物的萧条和春天的勃勃生机之间，有种奇怪的反差：高山上三间牧羊人的小屋损毁了，墙头像老人躬着背，屋顶在冬雪的重压下塌陷；而四周却是花草丛生，树木发芽。

我真想知道这个时辰里布鲁诺在干什么。他点燃了炉火，抑或是独自在山上行走，或者是继续干活一直到晚上？他各方面都已长大成人了，令我深感意外。他若不是他父亲的替身，我希望至少能在他身上找到当初他的堂兄弟或其中一位泥瓦匠的影子，有一次在酒吧里跟他一起见过。他跟那些人却毫无关系。这使我产生了一种想法：一个人到了人生的某一阶段，放弃了他人的陪伴，在世上为自己找到了一个角落，就隐藏在那里。这也使我想起布鲁诺的母亲：在这些日子里，早晨我装载骡子时，经常遇见她。她告诉我如何固定驮鞍，如何把工具和木板牢牢捆在骡子的两侧，当骡子不想继续前行时，又如何鞭策催促它。然而，对于我的回归，对于我和他儿子所进行的工作，她从未说过一句话。打从我小时候起，好像她对我们的生活就毫无兴趣，她处在自己的位置上很自在，对从她身边经过的人，就像轮换的季节似的毫不在意。我寻思着她内心是否隐藏着一些全然不一样的情感。

我又沿着山溪走在小路上，到达格拉纳时，天已经黑了。我把骡子系在屋子下面，点燃了炉子，在火上放上一锅水。幸亏我早有所贮备，还能打开一瓶葡萄酒喝几口。食品柜里只有面食、果酱和几只罐头。头两杯酒一喝下去后，我就感到累得不行。我把面食扔进锅里，自己睡着了，面食还在锅里煮着，夜里才发现炉子灭了，酒喝了半瓶，而我的晚餐成了没法再吃的面糊。于是，我打开了芸豆罐头，用匙子狼吞虎咽地吃起来，都没有把芸豆盛到盘子里。然后，我就躺到桌子底下的睡垫上，蜷缩进睡袋里，立刻就陷入梦乡。

***

近六月底，母亲带着一位女友来了。整个夏天，她的女友们轮流陪着她，虽然我觉得她完全不像是一个极度沮丧的寡妇。不过，她自己对我说过，有人在身边陪伴，她挺高兴，而且我看到这些女友与她彼此相当亲密、默契：她们在我面前说话不多，使一个眼色就彼此明白了。我看到她们亲昵地合住在老房子里，在我看来，这比言语要珍贵得多。给我父亲举行了简朴的葬礼之后，对我母亲孑然一身的孤寂生活，以及父亲与人世间那种永恒的冲突，我思索了许久：他死在自己的车子里，没有任何朋友怀念他。在母亲身上，我却看到了她以往漫长的一生结下的果实，她悉心培植人际关系，就像照料她阳台上的花草一样。我寻思着，这样的一种才能人们是否能学到手，抑或生来就是如此。要是我还来得及学得到该多好。

这样，现在我从山上回来时，就起码有两个女人照顾我，饭菜都摆好了，还有干净的床单：再不用吃芸豆罐头，也不用睡袋了。晚餐后，我与母亲留在厨房里说话。我跟她很容易沟通，有一次我对她说，自己仿佛回到了多年以前，但是我发现我们对那些一起度过的夜晚有着不同的回忆。在她的记忆中，当初我始终是沉默不语的。她记得我总是沉浸在一个不可能侵入的自我世界里，而且很少向她讲述我的世界。如今她很高兴有机会加以弥补。

在奇崖小屋，我和布鲁诺开始往上砌高墙头。我向母亲描述我们干活的方式，她对我当泥瓦小工中的各种发现感到很兴奋：每道墙实际上是由两排平行的石头砌成，在间隔的空间中，我们用相当小的石块予以填充。时而有一块横放的大石块把两排石壁连接起来。我们尽可能少用水泥，不是出于生态环保，而是因为我得把二十五公斤重的水泥袋往上运。我们把水泥灰与湖里的沙搅拌在一起，把搅和的泥沙倒在石块中间，以致从外面几乎看不出来。为此，我在石壁和湖之间往返了很多日子：湖的对岸有一片小沙滩，我去那边把骡子的挂包行囊都装满了。一想到是那种沙子把我的房子黏在一起，心里就特别高兴。

母亲十分专注地听着我讲述，然而，令她感兴趣的并非泥瓦工的活计。

"你跟布鲁诺相处得怎样?"她问我。

"挺奇怪。有时候我好像觉得我们早就彼此认识了,不过,仔细一想,倒觉得对他几乎一无所知。"

"怎么说是奇怪呢?"

"他与我说话的方式。他对我很热情。甚至不是热情,而是亲切。对于他这一点,我可记不得了。我总觉得其中有某种我不明白的东西。"

我往炉子里扔了一段木柴。我想抽支烟。当着我母亲的面抽烟,令我很尴尬,即便我想摆脱这个愚蠢的秘密,但我做不到。我去给自己倒了两指高的烈酒。不知为什么,喝点儿烈酒让我不再感到尴尬。

当我回去坐下时,母亲对我说:"你可知道,这些年来,布鲁诺一直离我们很近。有好几次他整宵整宵地待在这里。爸爸经常帮助他。"

"爸爸帮他做过什么?"

"怎么说呢?并不是实际意义上的帮助。是的,有时候你爸爸借给他一些钱,但不是这个。布鲁诺有一段时间跟他父亲争吵过。他不想跟他父亲干活,我想布鲁诺多年没见过他父亲了。因此,若是布鲁诺需要得到一个建议,他就来这儿。他更信任你爸爸对他说的话。"

"这我可并不知道。"

"而且他还总是问到你,问你过得怎样,做什么工作。我对他讲你在来信中给我写的那些情况。我从未停止过告诉他有关你的消息。"

"这我可不知道。"我又说道。

我思忖着，当一个人已经离别家乡，而其他人在没有他在身边的情况下，究竟会发生什么。我想象着在那些夜晚，布鲁诺有二十岁、二十五岁的时候，他在这里跟我的父亲而不是跟我说话那般情景，倘若当初我留了下来，就不会发生那番情景，抑或我们会分享那些瞬间；与其说是嫉妒，我更为自己没有在他们之中而感到遗憾惋惜。仿佛是我自己丢失了最重要的东西，当时我却忙碌在其他如此无意义的事情上，那些我甚至都不再记得的事情。

***

砌完了墙，到了盖屋顶的时候了。已经是七月份了，我到山下的镇上找一位铁匠，去取几十颗长约一拃的膨胀式螺丝钉，以及布鲁诺订制的八只绳箍，按照他所要的样子折叠好。我把材料装在骡子上，连同一部小摩托发电机、可用作燃料的柴油以及我攀登用的旧材料。待把一切都运到山上之后，我就爬到岩壁的顶端；我先前从未爬上去过。那上头有一些落叶松。我把自己固定在一棵最粗大的松树上，用双股绳子滑落到岩壁一半之处，身上装备了一只电钻；然后，我就遵照布鲁诺从下面朝我喊的命令干活，在发电机的隆隆声和电钻在岩壁上打洞的震耳的尖利声中度过一天的日子。

每一根箍筋需用四颗膨胀式螺钉。八只箍筋，得用三十二颗螺钉。按布鲁诺的看法，用那三十二颗螺钉固定箍筋是全部工程最至关紧要之处，因为冬天岩壁得不断清除积雪，所以他考虑了许久，想建造一个屋顶好承受碰撞。我多次在绳索上站起来，把铁锚稍稍往那边推，按照他的指示，回到下面在岩壁上钻洞。临近晚上，八只箍筋全都固定住了，在约四米高的地方按照正常的距离排列着。

现在我们常常以畅饮一瓶啤酒结束每天的日子，早上总把啤酒与生活必需品一起放进背包。我坐在布满尘土和被炭火烧黑的炉子跟前，却一身白色：我全身都沾满岩石的粉末，双手因使用电钻而感到酸痛。然而，当我抬眼望去，看到岩壁上的钢筋铁箍在夕阳下熠熠发光，我为布鲁诺把那个活儿托付给了我而深感自豪。

"雪的问题就在于你从来无法知道它会有多厚重，"他说道，"载重量有计算公式，但最好是加倍测算。"

"哪些数据？"

"唔，一立方米的水重十公担，对吧？雪可以重三至七公担，根据雪中包含的空气。如果一个屋顶得支撑两立方米的雪，就须计算十四公担的负重量。我把它加倍了。"

"对不起，那从前他们是怎么做的呢？"

"全部都用支柱支撑起来。在秋天离开高山之前。房子用加固的木桩子支撑住。你还记得我们发现的那些又粗又短的树干吗？但是，有一年冬天，那些树干也不足以支撑住，或许是他们忘了用木桩加固了，谁知道。"

我看了看岩壁的顶端。尽力想象着雪在上面堆积起来，又脱散开并掉落下来。那是一种巨大的变化。

"你父亲当初很喜欢讨论这些事情。"布鲁诺说。

"是吗？"

"一条房梁该多宽，两条木梁之间相隔多少距离，最好使用哪一类木料。冷杉木不行，因为它是一种软性的木材。落叶松木是一种比较坚硬的木头。光是我告诉他这些还不够，他总想知道一切的缘由。事实就是云杉是生长在阴影之中，落叶松是生长在阳光下：阳光使得木材质地变硬，而阴影与水分会使其质地变软，不适合用来作房梁。"

"是的，我相信他喜欢这样。"

"他还买了一本书。我对他说：'算了，贾尼，我们还是去问问某个老泥瓦匠。'我带他去找我从前的一个头头儿。我们拿着设计的蓝图去，你父亲还随身带着一个笔记本，他什么都记在上面。尽管如此我看他还是去查阅了书本，因为他不太相信某些人，不是吗？"

"这我不知道，"我说，"我想是的。"

从葬礼那天之后，我就没再听到过父亲的名字。能从布鲁诺嘴里又听到父亲的名字令我感到高兴，尽管有时候我仿佛觉得我们认识的是两个不同的人。

"明天我们得安装房梁桁了？"我问道。

"先得按尺寸切割好，还得给箍筋做模子。把房梁竖起来还得用骡子，我们看一看怎么弄吧。"

"你是说我们还得花很多工夫？"

"我不知道。每次干一件事，一点一点儿来，好吗？现在喝啤酒。"

"好吧。现在喝啤酒。"

***

与此同时，我重新振作起精神来了。每天早晨走那条山路走了一个月之后，我开始重新找到了以往的节奏。我觉得，沿着山路，梯田上的青草似乎一天比一天长得茂盛，山溪的水流更显平静，落叶松更加碧绿青翠：七月的到来对树林来说，好像是一种激荡的青春年代的结束。那也是当初我儿时来到这里的季节。自从我想着山上的季节是一成不变，而且永恒的夏天等着我的回归，大山重又呈现出于我更为亲切的容貌。在格拉纳，我遇见过放牧人，他们在准备牛棚，用拖拉机运送东西。用不了许多天，他们就可以带回牛群，山谷下游将重新挤满人。

不再有人往上攀爬。在湖的四周另外有两处遗迹，离我上山来回经过的马路不远。第一片废墟上长满荨麻，那里的情况与我在春天里找到的废墟差不多。不过，屋顶只是部分地倒塌。我朝里面瞧了一眼，发现还是那种惨淡的景象：唯一一间小屋子被野蛮地破坏掉，仿佛屋子的主人在丢弃它的时候想报复自己承受过的悲惨生活似的，抑或是房屋后来的来访者曾徒劳地翻寻过某种有价值的物件。留在那里的只有一张桌子、一条歪斜的凳子、扔在废物堆里的陶瓷餐具、一只尚完好的炉子——我本来想取走那只炉子的，可是一次崩塌把所有的一切都埋掉了。第二片废墟却是一座甚为古老又繁复的建筑的记忆：第一片废墟不超过一个世纪，这另一处遗迹至少有三个世纪了。那不是一个简单的小牛舍，而是具有不同建筑物主体的一片高山牧场，几乎是一个村落，外部建有大石头台阶，以及宏大而又神秘的屋脊。因为那样大范围的树木得在山下几百米的地方才能生长，我无法想象人们当初是怎么把它们运上山的。屋子里没有任何东西，只有被雨水洗刷过的墙，而且还是垂直的。较之我习惯住的茅屋，这些遗迹仿佛是在讲述一种较为高贵的文明，在一个颓废的时期耗竭以致最后灭绝的文明。

登山时，我喜欢在湖岸上停留片刻。我俯身去抚摸湖水，用手去感受水的温度。照耀着格雷诺山峰的阳光，尚未照进凹地，湖面保持着一种夜晚的景象，犹如一种天色，既不再黑暗，但又尚未明亮。我记不得自己为什么会远离山川，也不知在我不再喜爱大山后，爱上过别的什么，但每天早晨，当我孤寂地爬上高山时，仿佛慢慢地与其重归于好了。

在七月的日子里，"奇崖小屋"简直像一家锯木厂。我运载了好些木板，现在台地上到处都堆积着木柴，两米长的云杉木板，还呈白色，散发着树脂的香味。八根木梁悬挂在岩壁和那道长墙之间，固定在铁箍上，呈三十度斜角，由一根长长的落叶松树干支撑着。我几乎能想象出房子的模样，现在屋顶的骨架子已经有了：屋门朝西，两扇窗朝北，她的眼睛望着湖面。布鲁诺想把窗户建成拱形，用斧头和凿子花了好几天把石块凿成一定的形状。里面应该有两间屋子，一间屋子开窗。老废墟低矮的两层中，底下一层是牛棚，上面一层是贮存和制作奶酪的地方。我们只能得到其中一层，比较高、也比较宽敞的上层。有时候我竭力想象着照进屋子里的亮光，不过，这离我的想象太遥不可及了。

到了之后，我又拨旺了炉子里的炭火，往里扔了几根干树枝，在一只小锅里加满水，并把锅子放在炉子上。我从背包里取出新鲜面包和一只西红柿，就是布鲁诺的母亲在海拔三千米的高度奇迹般成功地种植出来的那些西红柿。我探头在宿营地张望，想寻找咖啡，并发现了解开的睡袋、黏腻在木板上的蜡烛头和一本打开一半的书。我瞧了一眼封面，在读到康拉德的名字时，我微笑着。就我母亲的全部熏陶，对布鲁诺来说，留下的是那种对海上奇遇的激情。

当他闻到了炭火的味道，就走出了屋子。他待在屋子里是丈量和切割屋顶梁木。持续一个星期的活干下来，他的面容变得更粗野；如果我忘了时间的概念，从他的胡子就可以明白是什么日子。早上九点，我就见他干得正欢，一门心思地干着，沉浸其中难以自拔。

"噢，"他说道，"你在这里呀。"

他举起残缺之手向我打招呼，然后过来与我共进早餐。他掰开一块面包，并用小刀切了一片番茄。他就这样吃西红柿，咬着吃，不放盐，什么也不放。他看着工地，考虑着眼前的活儿。

7

　　这是回归和重获恬静的季节。我在夏日里时常反复想到这两个词。一天晚上，母亲给我讲了一个有关她的故事，有关我父亲和大山的故事，以及他们如何相识又如何最后结婚的故事。这么晚才知晓这个故事，的确挺奇怪，因为那是牵涉到我们的家庭如何诞生、我是如何出生的故事。然而，儿时因为年纪太小无从知晓，后来就没有再想听此类故事；二十岁时，我恨不得捂住耳朵，就是不想听见家庭过往的历史。那天晚上，也同样如此，我的第一个反应就是反感。我喜爱的是她所不知道的事情。我聆听着，同时从窗口往外看着夜晚九点钟时，阴影笼罩下幽谷的一侧。那边的云杉茂密，一片没有林中空地的树林，一直延伸至山下的小涧。唯有一条长长的、明显的裂缝把它切断，我目不转睛地望着的就是那条裂缝。

在母亲讲述她的故事时，一种别样的情感在我身上油然而生。我想：这个故事我原来就知道。那是以我的方式知道的。多少年来，我收集到了故事的片段，如同一个人拿着一本书撕下的纸页，千百次地按偶然的顺序读完它们。我看到过照片，听到过他们的谈话。我注意观察过父母亲以及他们的行为方式。我知道哪些话题能迫使他们突然沉默下来，哪些别的话题能使得他们争吵，哪些过去的名字能够令他们伤心或感动。我知道故事的每个部分，但我永远无法把它重新组合成一个完整的故事。

往外看了一阵子后，我见到了我期待的在另一面山坡上的母鹿。在山的裂缝中，应该有一道水的纹理，而且每天晚上，在天黑之前，它们会从树林里出来饮水。从那段距离看不到有水，不过，母鹿的出现告诉我那里有水。它们来来去去，我一直注视着它们，直到天色太黑无法辨认出事物。

***

故事是这样的：在五十年代，父亲是我母亲的兄弟——我舅舅皮耶罗最好的朋友。他们俩都生于一九四二年，比我母亲年轻五岁。少年时他们在露营时认识的，是家乡的神父带他们去的。夏天，他们在白云山上度过了整整一个月，在帐篷里睡觉，在树林里玩耍，学习登山，学会自己克服困难，而那种生活使他们变成了特别好的朋友。"这能够理解，不是吗？"我母亲说道。是的，我能毫不费劲地想象当时的他们。

皮耶罗在学校里十分优秀，我父亲走路更有劲些，性格更好。但并非就是如此：在有些事情上我父亲更为脆弱，不过，也因为那样，他能以他的热情感染其他人，他最富于幻想，生性不安分。有他在身边令人开心快乐，一方面是因为这个，另一方面因为他是在寄宿学校住读，学校很快就变成他们的家。在母亲看来，他好像是一个精力过分充沛的小男孩，一个需要冲跑，得比别人更劳累的人。他是个孤儿，这在那个年代并不令人惊诧。在战后这是一种相当普遍的情况，如同常常有人把某个别人的儿子带到家里领养，或许是某个去世的亲戚或某个移民的儿子。在牛奶场有的是地方，也有的是活儿可干。

我父亲当初需要的并非一个安居乐业的去处。他并不缺少一个安身的住房；他欠缺的是一个家。这样，在他十六七岁时，周六和周日，他总待在那里。夏日里，他每天不是忙着收割、采葡萄、堆干草，就是伐木。他喜欢学习。不过，他也喜欢露天的生活。母亲对我讲述了当初他与皮耶罗打赌比赛用脚踩葡萄，不知他们踩了多少斤葡萄；讲述他们青春时代发现了葡萄酒，那天怎么在地窖里找到了他们，已喝得烂醉。类似这样的故事说起来没有完，但是有一件事她要我明白：这种关系的产生和发展绝非偶然，背后有一种明确的意愿。山上的那位神父，是我姥爷的一位朋友，好些年间他把女孩和两个男孩子带到宿营地消夏，他乐意看到我父亲能与其他的孩子联结在一起。姥爷他自己也同意把那个孤儿接纳在自己家里，这也是一种为他的将来作打算的方式。

***

"皮耶罗挺像我。"母亲说道。他沉默寡言，行事审慎。他富有同情心，善解人意，而同时对于性格比较强的人却又不善自卫。到了要报考大学时，他毫不犹豫地选择了学医：他一直憧憬自己能当一名医生。"他很可能是一名好医生，"我母亲说，"他有当医生的资质，善于倾听并同情他人。"而吸引我父亲的却是自然，而不是人类：大地、空气、火和水对他有更大的诱惑力；他喜欢把双手沉浸在世界的某种物质中，并去发现世界是怎样形成的。"是的，"我想，"这正是他。"我记忆中的他就是这样的，他会被每颗砂粒、被冰晶体所吸引，而对人却无动于衷。我可以想象，当初他十九岁时，是以怎样的热忱深入到化学研究中。

与此同时他们开始独自进山。从七月至九月，几乎每周六，他们搭乘去都灵或贝鲁诺的公共汽车出发，然后在公路上搭便车进山谷。他们在牧场上过夜，抑或有几次在干草垛里过夜。他们没有钱给自己买什么东西。"不过谁都没有钱，"母亲说道，"那个年代里进山的人都没钱。"昔日阿尔卑斯山是穷人历险之地，对于他们那样的男孩子，就像是北极洲或是太平洋似的。他们两个人中，父亲是那种研究地图、计划新的行动的人。皮耶罗比较谨慎，但是也比较执拗。他需要时间说服自己，不过，这之后就很难半途而废，而且他是像我父亲那样的人的理想同伴，因为父亲在事情进展不顺利时，往往会气馁打退堂鼓。

直到在他们的生活中出现了一次偏差。化学的求学年限比医学短，于是父亲先大学毕业，一九六七年就动身从军。他被编入山地炮兵部队，在伟大的战争中在山路上拖运大炮和迫击炮。他的大学毕业证书赋予了他当士官的权利，或者又称为"骡子上士"，如同他自己所说的那样；那年他并没有在兵营度过很多时日，他随同连队全年从一个山谷转移到另一个山谷。他发现这样的生活并没令他感到惋惜。当他从军回来时，显得比出发参军时的那个青年更老，也比当时还在书本上度日子的皮耶罗显得老。那时我父亲仿佛是先饱尝了一种艰辛又现实的生活滋味，并且他享受在其中。除了酗酒以外，他还尝试了长途行军和雪原跋涉，那是他在休假期间与彼得罗谈论过的雪：雪的形状、变化的性格、雪的语言。当时他带着作为年轻化学家的兴奋心情，爱上了一种新的成分。他总是说，冬天里的大山是一个截然不同的世界，说他们两个人应该一起上山去。

＊＊＊

就这样，在一九六八年的圣诞节，退伍后不久，他和彼得罗开启了他们第一个冬天的时节。他们从某人那里借来了滑雪板和海豹皮。他们开始探寻熟知的地方，只是现在他们不能再顶着星空睡了，得付高山旅馆费。父亲训练有素，舅舅却稍稍不如他，因为他刚过完写论文的最后一年。不过，他对新的发现也感到很兴奋。他们勉强有些钱用来吃饭和住宿，但是当然不能雇一名高山导游，正因为如此，登山的技巧还是原来那一套。不过，依我父亲看来，反正要登山问题永远是在双腿上，而下山总有下来的某种方式。慢慢地，他们甚至拟定了一种登山的风格。直到三月份，他们瞄准了萨索隆戈的峡谷，在下午的阳光照耀下，重新相聚去穿越一处斜坡。

因为我听母亲讲述过多次，所以我能够想见她描述的场景。父亲稍稍走在前头，他脱下了一块滑雪板，以便在感到脚下的地凹陷下去时可以固定装置。他听到了一阵瑟瑟声，如同从沙滩上退去的浪涛的拍击声。而那可是真的，犹如他刚穿越过的斜坡正在往底下退缩。开始时，退缩得很慢，令人难以置信地缓慢；父亲往下滑了一米，他成功地往一侧挪动，攀在一块岩石上，他看到他的单只滑雪板继续往下滑落。皮耶罗如同那块滑雪板似的，待在斜坡最先变滑而又陡峭的地方，也一直朝下滑。父亲见他失去了平衡，贴着腹部滑了下去，仰着头朝上看，双手想尽力抓住一个支撑点，但是没抓住。然后，雪层越来越厚，往下加速滑落。那不是冬天的干雪，呈云雾粉末状往下滑；那是春天的湿雪，一团团滚着往下塌落。遇到障碍时，雪球越滚越大，把皮耶罗掩没了，说真的，并没有撞倒他，或者击倒他：雪盖过了他，继续裹挟着他一起往下滑。到了底下两百米处，斜坡比较平缓，在那里的雪崩底下沉陷了。

在一切尚未停息之前，我父亲就急忙赶下来，可是他没有能认出他的朋友来。积雪很坚硬，滑落时被压得严严实实的，沉甸甸的春雪。他在雪崩处四处转悠，呼喊着，环顾四周想看是否有什么东西在活动。可是雪很重，又一动不动的，虽然才刚相隔一分钟的时间。在随后的岁月里，父亲这样描述：那时的大雪，犹如一头沉睡的猛兽，被人扰醒后，又卧躺在更舒适的地方，而现在又重新入睡了。对于大山来说，就像什么也没有发生过。

唯一的希望是皮耶罗在雪下面为自己掏出一个气孔用

来呼吸，但这样的几率很小。何况，父亲当时连一把铁铲也没有，他做了唯一明智的决定：开始朝他们就宿的高山旅店滑去，但是在稍稍往下的地方，他又陷进柔软的雪坑里。于是，他又回到上面，重新穿上滑雪板，向山下滑去，在好几处路段上滑行，不断地摔倒在雪上，不过，这样总比每走一步就陷在雪里要好些。过了下午前半晌，他抵达了旅店，叫了急救。人们到了出事地点时已经天黑了，次日早晨才找到了我舅舅，他死在雪崩一米底下，被积雪窒息而死。

＊＊＊

在所有的人看来，很明显是我父亲的过错。要不然，他们该去责怪谁呢？两桩事证实了他和皮耶罗，他们太不把冬天当回事儿了：一是他们装备不足，二是他们在错误的时刻处在高山上。当时才下了不多的雪。穿越一个斜坡时天气太暖和了。我父亲是两个人之中比较有专业经验的，他应该知道这一点，避开那样穿越斜坡，应该早些撤回才是。我姥爷觉得他犯的错误中有某种不可原谅之处，随着时间的流逝，不仅没有消除怒气，恼怒反而根深蒂固了。虽还没到把他赶出家门的地步，但是再也不高兴见到他，而且我父亲一来，他就变了脸色。后来，他换了房间。甚至在一年之后，在追悼他儿子的弥撒上，他想法坐在教堂的另一边。我父亲有时候作了让步，不去打扰他。

而就在此时，我母亲进入了历史的舞台，虽然她一直是个观众。她认识父亲半辈子了，尽管开始的时候，她只是把他看作她兄弟的朋友。但是，随着年龄的增长，我父亲也成为她的朋友了。他们曾有很多次在一起唱歌喝酒，一起散步，一起采葡萄；事故发生之后，他们开始相约见面说说话：我父亲在那段时间里精神上很沮丧，而我母亲却觉得他不该那样。她觉得不该把一切过错都归于我父亲，让他孤孤单单的。最后在结婚前一年左右，他们就生活在一起了。婚礼的邀请帖子被全家人拒绝了。这样，他们就在山下结了婚，没有亲戚出席婚礼。他们已经准备好出发去米兰；而后来，重新开始了他们的生活。在米兰，他们有一个新的家，新的工作，新的朋友，新的大山。我也来到了他们这新的生活之中，甚至成了所有事物中最新的东西，赋予其他事物存在的理由。我带着一个旧名字、一个家庭的名字来到这世上。

***

这就是一切。当母亲结束了她的讲述，我脑海中浮现出那些冰川以及父亲对我谈论冰川时的样子。他是个不喜欢走回头路的人，也不爱回想以往伤心的日子，不过，有时候在山上，就在那些没有死过任何朋友的未曾有人涉足的山上，他望着冰川，某些事情浮现在他的回忆之中。他这样说道：夏天抹去记忆，正如同融化冰雪一样，但冰河是遥远的冬天之积雪，它是不愿意被人忘却的冬天的一种回忆。唯有现在，我才懂得他所说的是什么。而我一劳永逸地终于明白我有过两个父亲：第一个是一起在城市里住了二十年的陌生人，又有另外十年与其隔断了联系；第二个是大山之父，那个我曾隐约见到过、现在却更为了解的父亲，那个在上山路上走在我身后、热爱冰川的男子。这另一个父亲留给了我一片须重建的废墟。于是，我决意忘掉第一个父亲，而且为纪念他而干活。

8

　　八月份，我们建完了房子的屋顶。它由两层木板组成，中间由一层金属板和一种绝缘材料隔开。外面是相互叠在一起的落叶松板条，上面有一条条的排水槽；里面是杉木小珠子：松木是防雨水渗入，杉木是保温的。我们决定不在屋顶上凿洞装玻璃天窗。即使在夏天的一个中午，这样没有玻璃天窗，屋子里也相当阴凉。窗子朝北，不直接接收阳光，而往外眺望，可以见到对面的山脉。它屹立在湖的那一头，在阳光照耀下几乎闪烁着白光，其岩石屋脊和山石地在那个时辰十分耀眼。从窗口射入的光线来自那里，像是来自一面镜子：一种逆向结构建造的房子。

我出去站在台地上，观察那阳光下的山岳，然后转身朝我们的格雷诺山脉望去，它遮挡着天空。我萌生了攀登上它的顶峰的愿望，想看看从顶峰看下面的"奇崖"是什么样子。两个月以来，我每天头顶上都有那山峰，但我从来没有过此念：我想是我的双腿驱使我产生了这个愿望，还有夏天的炎热。

布鲁诺从屋顶上下来，他正在那里耐心地干一项细活。他得在岩壁和屋顶之间用一块铅板加以固定，使得在下雨天里，水往下流淌时不会渗漏到屋子里。这牵涉到得用榔头把铅板每次做成一小块，以把墙壁的所有凹凸之处都一丝不苟地填严实了。铅是软性的，做工细致些的话，最后它会像焊接在岩石上的一条无光泽的纹理。这样，岩壁与屋顶就会变成一个整体的平面。

我向布鲁诺打听去格雷诺山的路，他指给我从湖那边穿过斜坡往上走的一道痕迹。它消失在一片浓密的桤木丛中，然后越过一片潮湿的地区，重又出现在前方长出青草的悬崖之中。他说，那后面仿佛是一座分水岭，其实它掩藏着另一片凹地，和一个比我们的湖还小的湖。湖那边就全是石子地。没有一条真正的山路可以攀登，也许有几根石头柱子，或几条羊肠小道，不过，他还是给我指了山峰上的一道印痕，那里有一片明显的雪原的痕迹。"你盯住那里的雪，"他说，"我不会搞错的。"从那上面出来到山顶，然后，就容易继续前进直达顶峰。

"我喜欢在那里转一转，"我说道，"哪怕是周六或周日有阳光的日子里。"

"你现在就去，"布鲁诺说，"我也是独自走这条道的。"

"你肯定吗？"

"是的。现在是自由的日子。去吧，去吧。"

＊＊＊

上面的山湖与我们的湖截然不同。最后的小小的五针松、最后的柳树和桤木树丛，沿着斜坡逐渐消失了，山脊的那边已弥漫起高山稀薄的空气。湖只是一个绿色的水坑，周围是贫瘠的牧场和一大片橘树。二十多只无人照管的母山羊蹲伏在一片废墟附近，它们几乎不理会我的存在。小路通到那里就完了，消失在牲畜过往踩踏出来的轨迹之间，那里最后的稀少的青草让位于石子地上的大石板。我看得见山顶上的雪原，回想起了父亲的规矩：我在自己和雪之间画了一条线，就出发了。耳际回响起他的声音，它在说：直起腰来，从这里往上走。

好久没有在树林所在的高度行走了。我从未独自来过；不过，我应该学得不错，因为我在布满石子的山地上走动感觉很自在。我见到上方有一根小石柱，朝那儿走去，本能地从一块石头跳到另一块石头上。我喜欢踩在稳定的大石头上，避开那些摇晃的石块。我感到岩石有一种弹性，它不像土地和草那样不吸收脚步，它会把其本身的力量往上返回至人的腿上，提供给人体一股冲劲继续前进。这样，一旦一只脚落在一块石头上，把重量向前和向上推，另一只脚就开始总是往更远处迈进；我重又在石子山地上又跑又跳，午后，就停止了跑跳，随意行走。我觉得可以信赖双腿，它们不会出错。我回想起父亲，以及当我们超越过牧场的高度，进入到岩石的世界里的时候，看到的他的满心喜悦。也许我自身也感觉到了同样的欢喜。

当抵达小小的雪原时，我因一路奔跑直喘粗气。我停下来触摸一下那八月的雪。雪已结冰，呈颗粒状，硬邦邦的，得用指甲把它抠下来。我捡了一把雪，把它放在前额和脖子上解乏提神。我吮啜着雪，直到嘴唇发麻，然后，又攀登最后一段石子山路直到山顶。此时格雷诺另一侧山崖上的景色展现在我面前，那是它朝阳的一面：在我脚下，在一条多岩石的地带之后，一片长长的草地一直缓缓地延伸到有一排小房子的地方，那里有一处牧场，放养的母牛斑斑点点地散落其中。我仿佛突然回到一千米以下的地方，抑或是更换了季节。眼前是夏日的阳光和牲畜鲜活的声音，而当我一转身，身后却是阴暗苍凉的秋天，阴沉忧郁，满眼湿漉漉的岩石和斑斑点点的雪痕。山峦这一派的景色中，底下的两个湖，犹如两个孪生兄弟。我举目远望，寻找我与布鲁诺正在建造的房子，但也许我已登上太高的山峰，又或许那用山石建造的房子隐蔽得太好，我无法把它从山峦中分辨出来。

沿着一道美丽的山梁，石子柱一直往前延伸到山脊下几米的地方。不过，我渴望攀登，没看到自己面前有多大的困难，于是我决定坚守住登上山峰这个念头。过去了那么多年了。我把双手攀在崖石上，选好了搁双脚的支撑点，把身子往上牵引。虽然那是一种最基本的攀登动作，然而那些老动作要求我集中全部的注意力。我得重新考虑每次把手和脚搁在何处，要采取平衡的方式，而不只是用力气，并且要竭力使自己变得轻捷。很快我就失去了时间概念。我不再关注周围的山峦，也不在意底下陡峭的崖壁两侧之间两个不同的陌生世界：存在于此的只是我眼前的崖石，还有我的双手和双脚。直至抵达了一个不能再往上攀登的地方，而且仅仅因为这个，我才意识到自己爬到了山顶。

而现在怎么办？我想道。在山顶上有一堆石头，除了那粗糙的遗迹，玫瑰山头连同它的冰川都出现在苍穹之下。也许我应该带上一瓶啤酒庆贺一番，但我既不感到欣喜，也不感到欣慰：我决定停留在那里，抽一支烟的工夫，向我父亲的山岭致意，然后就下山返回。

我一一辨认出每一个山顶。我一面抽烟，一面从东到西观察它们，在记忆中一一寻找所有山顶的名字。我问自己是处在什么高度，因为感觉自己已经超越了三千米，并没感到肚子有任何不适，于是我环顾了四周，寻找某块写有文字的牌子。我看到有一只金属盒子嵌入石头堆里。我知道里面装着什么。我打开了盒盖，找到了裹在一只塑料封套里的一个笔记本，那封套却没能保护本子不受水浸湿。横格本的纸页被水泡湿后又干了。那里还有几支笔，少数登山者会用它来留下自己当时的一番思绪，或者有时留下一个名字或是日期。最后一位是一个星期之前经过这里的。我翻阅着纸页，看到上面写着字。在那座荒芜的、破损的、没有小路的山上，山峰在我的房屋上投下阴影——如今我已把它看成是我的房子。每年只有几十个人登山，因此，笔记本在时间上应该往后推很多年。我读到不同的名字，以及一些无关紧要的记载。总好像没有人能在付出了那么多的艰辛之后，还能用语言写下他所感受到的东西，除了某些平庸的诗句和精神上的感慨。我往后翻阅本子，颇有些许对这些人难以忍受的急躁，而且我不知自己当时在寻找什么，直到我找到一九九七年八月所记载的两行字。书写的笔迹是我所认识的，书写者的个性也同样熟悉。上面写着："从格拉纳登顶用了三小时五十八分钟。精神状态极佳！乔瓦尼·瓜斯蒂。"

我久久地注视着父亲写的话。纸页上的墨汁被水洇开了，签名比前面的两句话更难以辨认。那是一个习惯了经常签字的人签下的名字，那真的不再是一个名字，而只是一种无意识的动作。在惊叹号里倾注了他在那天的大好心情。他当时是独自一人，或者从笔记本上看来好像是如此，因此，我想象得到他是怎样沿着布满石头的山地登上去，怎样出来来到山顶，就像我以往曾经做过的那样。我肯定他一定看过手表，而且在那一刻他开始奔跑起来。他一定是想不惜一切代价在不到四小时之内成功登上山顶。他在山顶上感觉很好，为自己的双腿深感自豪，并且很高兴重又见到了他灿烂的高山。我想撕下那一页纸珍藏起来，而后，又觉得是一种亵渎，就像从山顶带走一块石头似的。我把本子塞进塑料封套里，重又把它放入那只金属盒子，留在了那里。

***

在接下来的几个星期里，我还找到了父亲的其他信息。我研究着上面标有小路的地图，去那些被底下的山谷忘却了的不甚显赫的山顶上寻找他的踪迹。在玫瑰山头，临近圣母升天节的时候，成群结队的登山队列陆续不断地来到冰川，大批的登山爱好者蜂拥而至，拥挤在高山旅店，而我前往的地方，从来就碰不见任何人，除了几个像我父亲那样年龄的，或者比他更年长的人。当我越过他们时，我仿佛遇见了他。我想，对于他们来说，会觉得仿佛遇上了一个儿子，因为他们见我来了，就往一边避开，说："给年轻人让道！"如果我停下来与他们交谈，我看到他们都很高兴，于是我这样做了。有时候我们利用这种机会分着吃点儿食物。他们多是在相隔三十年、四十年或五十年之后，回到同样的山上；跟我一样，他们更喜欢那些被登山爱好者忽视的山脉，以及似乎从来不曾有过任何变化的、被人抛弃的峡谷。

一个留着两撇白胡须的男子对我讲，对于他而言，这是一种重新思考人生的方式，重新攀登同样的一条山路，一年一次，仿佛是沉浸在回忆之中，重新回顾记忆的过程。他跟我父亲一样，来自农村，不过，他的家乡是介于诺瓦拉和维尔切利之间的水稻之乡。从他出生的房子里，看得见玫瑰山头，屹立在田野的天边。从小人们就向他解释，水就是从那山上流下来的：饮用之水，河水，灌溉稻田的水，他们所使用的全部的水都来自那座山头；而只要冰雪继续在地平线上闪耀，就不会产生干旱。我喜欢这位先生。他丧妻好几年，而且很想念他的妻子。他秃顶的头上掠过阳光落下的斑点，我们一边说话，他一边往烟斗里塞烟丝。到了某个点，他从行囊里拿出一只行军水壶，往一块糖果上倒两滴烈酒，并把它送给我。

"吃了这个，你会像一列火车那样跑得快。"他说道。过了一会儿，又说道："是啊，没有比大山更令人值得回忆的东西了。"我也开始明白这一点。

在山顶上，我曾发现过一个歪斜的十字架，有时候连这个都没有。我曾骚扰北山羊，它们不安分却不真的逃跑。由于我的出现雄山羊把它们全部的不适都发泄在我身上了；雌山羊和小山羊跟在后面，处于安全的位置上。倘若我有幸，那只铁盒子就藏在十字架底下，或者在某个地方的石头中间。

我父亲的签名在所有那些笔记本里都有。那常常是简洁的，而且总是炫耀的。我得往后推七年，仅仅是为了找到几句话："这次也成功了，乔凡尼·瓜斯蒂。"这一天，他大概觉得特别精神抖擞，而且应该是因为什么事情而深受感动，写下了："北山羊、山鹰、皑皑白雪。好像是第二个青春。"另一句话是："浓雾一直弥漫至山顶。古老的歌曲。绚丽的山里景致。"那些老歌我都熟悉，我喜欢与他一起在浓雾中歌唱。那是一种忧伤的心绪。在前年刚留下来的另一条信息中又找到了："相隔那么些年，又回到了这山上。要是大家都一起留在这儿，该是多么美好啊，再也看不见任何人，再也不用下山到河谷去了。"

大家，指的是谁？我问自己。而那天，我在哪里呢？谁知道他是否开始感到心脏衰弱了，或者他感到了什么别的不适以致写下了这些话。"再也不用下山到河谷里去了。"同样的感情令他梦想在更高的山地上有一个房子，在难以抵达的荒僻之处，在那里远离尘世生活。我在一个小本子上抄录了日期和句子，又把笔记本放回取出来的地方。我从来不加上任何我的话。

＊＊＊

　　我和布鲁诺真的生活在我父亲的梦境里。在那里我们重又处在我们生存的停歇之际：它结束了一个生命周期，又开启了另一个生命周期，虽然我们仅仅是在后来才明白这一点。从"奇崖"我们看到鹰隼在脚下盘旋，土拨鼠守候在洞穴口。我们瞥见一两个渔夫，不时地在下面的湖边垂钓，还有几个徒步的行人，但他们并没有抬眼寻觅我们，我们也没下去跟他们打招呼。我们等着他们走开，想在八月的下午时光在湖水中畅游一番。湖水冰冰凉，我们比试着谁能在水底下待得更久；在出山之前，我们在草坪上奔跑，直到血液重新在血管里循环。我们也有一根钓鱼竿，就只是一节棍子和一根钓鱼线，我用它们不时地能钓上来什么，用蝗虫当作鱼饵。当时，晚餐有在火上烤的鳟鱼和红葡萄酒。我们在火堆前一直待到天黑。

　　现如今，我夜晚也睡在这山上。我在建造之中的房子里住，就在窗户底下。我是第一次从躺着的睡袋里长时间地观看天上的星星，聆听着风的吹拂。我往另一侧转过身，黑暗中我能感到崖壁的存在，仿佛它具有一种磁力，抑或是一种地心引力，或者就好像当你闭上双眼，有人走近你把一只手放在你额头上，而你感到他就在那儿似的。我仿佛睡在从山里挖出来的一个大洞穴里。

跟布鲁诺一样，我很快就改变了文明的习惯：一星期下山一次，勉强地去小镇上，只是为了采购。而刚刚才走了两个小时，就又出乎意料地身陷在车水马龙之中。商店的售货员把我当作普通的旅游者对待，可能我看上去只是比其他人更加古怪些而已，而我高兴如此。当又踏上山间小路时，我感到自在多了。我把面包、蔬菜、腊肠、奶酪、葡萄酒都装在骡子上，拍一下它的臀部，让它自己走在我已经熟悉的路上。也许我们真的可以永远留在那山上，而且没有人能发现我们。

＊＊＊

八月末的雨水来临。我也记得那雨水。那是给大山带来秋季的日子，因为此后，当阳光重返时，就不再是先前炽热的阳光了：光线是偏斜的，影子更长。那不成形的徐缓的云团吞噬着山顶，有一次人们告诉我说，夏天到了该走的时候了，而我却向上天抗议，因为夏天不是刚刚开始吗？仅仅持续了片刻，它不能就如此飞走了。

在崖壁那里，雨点折弯了草坪的青草，在湖面上泛起无数斑点。雨点敲打着我们的房顶，噼啪的雨点声与炉中柴火的噼啪声混合在一起。这些日子里，我们用杉木披盖两个房间中的一间屋子，用我修复的炉子取暖。我们的炉子靠在崖石的壁上。炉子后面的岩石慢慢地暖和了，把热量散发在屋子里；铺在屋子里的杉木会吸收热量。不过，这是对将来的一种设想。没有门窗，山风吹袭到我们的颈脖上，雨点从墙上的门窗洞横着掉落进来。干完活待在屋子里挺舒服，望着炉子，用废墟堆的木柴往炉子里添火。

一天晚上，布鲁诺跟我谈到头脑里浮现的设想。他想买下他舅舅的高山牧场。他早就开始攒钱了。表兄弟们巴不得挣脱他们可憎的回忆，给他作了个价，布鲁诺倾其所有，付了定金，余款他打算从银行贷款。在"奇崖"的这些月份，是他的总演习：现在他知道自己有能力这样干。如果一切进展顺利，那么，下一个夏天，他将以干同样的活来度过：他想重新修整牧羊人住的那些小房子，购进一些牲口，在一两年之内重新启动高山牧场的运营。

"是一种美好的设想。"我说。

"如今奶牛已不值什么钱了。"他说道。

"它们产奶吗？"

"产奶可不多。不过没关系。如果是为了赚钱，我可以继续当泥瓦匠。"

"你不再喜欢当泥瓦匠了？"

"我喜欢。但我始终清楚，那是一种临时的活儿。那是我有能力干的活，但我并非生下来就为了当泥瓦匠的。"

"那你是为何而生？"

"为了做山里人。"

在说这个词时，他变得严肃了。当对我谈及他的祖先们时，他少有的几次使用过这个词。山上古老的原住民，他是通过树林、荒芜的田野、倒塌的房屋认识的，那些都是他用一生探索考察的东西。他觉得那种遗弃是不可避免的，当他一旦看到自己唯一的命运，与山谷里所有人的命运都是同样的时候。往山下看去，那里有金钱和工作，但不是在山上——山上只有丛生的荆棘和废墟。布鲁诺跟我说过，他舅舅在高山牧场上，在最后的那些日子里，不再修理任何物件。要是一张椅子破损了，他就把椅子扔到炉子里烧了，要是牧场里看见一棵感染了寄生虫的植物，他都不弯下腰去拔掉它。要是你向他父亲提到那个牧场的名字，他父亲就会叱骂，恨不得把奶牛全都开枪射杀光，而且一切都行将毁灭的想法，令他产生一种快乐——令人痛心、令人心寒。

然而布鲁诺并非如此，他与他的父亲、舅舅、表兄弟大不相同，以致在某种程度上他明白了自己与谁相类似，回归大山的呼唤来自何方。

"来自你妈妈。"我说道。并不是因为我早先就知道这个；我是在这一刻才想到的。

"是的，"布鲁诺说道，"我和她是一样的。"

他停顿了一下，为的是让我好好掂量一下那些话，然后又补充道："只不过她是个女人。要是我到树林里去待着，没有人会说什么。要是一个女人这样做，人们会把她当成个女巫。要是我一言不发，会有什么问题吗？我只不过是一个不说话的男子；要是一个女人不说话，那她应该是一个半疯的女人。"

那是真的，所有人都那样想过。我本人也没有再跟她说过几句话。现在也没有，当我从格拉纳经过时，她给我土豆、西红柿和苹果，让带到山上。她有些驼背了，比先前更瘦了，她总是我儿时在山上的菜园子里所看到的奇怪的形象。

布鲁诺说："要是我妈妈是个男子，那么，她就会过自己想要的生活。我觉得她不是结婚嫁人的那种女人。当然，不是我父亲那样的人。她唯一的幸运就是摆脱了他。"

"她是怎么做的？"

"闭上嘴不说话。她跟母鸡待在山上。对这样的一个女人，你不能太与她过不去，迟早会由着她。"

"是她对你说的这些事情？"

"不。或许也是，以某种方式。是不是她说的，这无关紧要，是我自己明白了。"

我知道布鲁诺是有道理的。类似的关于我父母亲的事情，我也是自己明白的。那句话开始萦绕在我头脑里，"她唯一的幸运就是摆脱了他"，我自问，这是否也同样会发生在我母亲身上呢？按照我对她的了解，也有这种可能。也许，并非真是一种幸运，但哪怕是一种慰藉也好。

我父亲一直是一个自高自大的男人。他霸道而又令人难以相处。当他在你周围时，唯有他是存在的：他的性格要求我们的生活全都得环绕着他的生活而转。

"那你呢？"布鲁诺过了片刻问我。

"我怎么啦？"

"你现在在做什么呢？"

"噢，我想，我要远行。如果行的话。"

"去哪儿？"

"也许是亚洲，我还不知道。"

我已经跟他谈到过我想旅行。我厌烦自己身无分文，最近几年里我把所有的精力都消耗在勉强维持生活的辛劳之中。我不想要自己并不拥有的任何东西，然而，却想要周游世界的自由。现在，用我父亲的小小的遗产，我整理了账目，并且构想了一份远离家的规划。我想乘坐飞机，离家几个月，没有明确的想法，看看我是否能找到某些可以讲述的故事。我从未那样做过。

"这样出发去旅行应该是很美好的。"布鲁诺说道。

"你愿意去吗？"我问他道。我是说着玩儿的，但并不全是玩笑。我为已结束工作而感到遗憾。跟某个人相处如此之好，是我从来没有遇到过的。

"不，你是那种来去自由的人，我可不是，"他说道，"我是那种留下来的人。总是如此，不是吗？"

***

　　九月，房子已经落成了，它建造成了这样子：有一间木屋和一间石头屋。木头屋子比较大，而且暖和，屋里有炉子、桌子、两张凳子、一只箱柜、一只食品柜。这些家具中，有一些来自周围的废墟堆，我捡拾回来，用油和砂纸擦干净，另一些是布鲁诺用旧的木头地板的板条制作的。屋顶下有一个阁楼紧靠崖壁，有一架木梯通向那里，那是房子最暖和最僻静的角落，而桌子则正好放在窗口下，坐在那里，可以往外面望。石头屋比较小，而且凉快，我们想用它当地窖、实验室和贮藏室。我们把不少使用过的工具还有废木料都放在那儿。没有洗澡间，没有自来水，也没有电，但窗户的玻璃很厚，房屋的门坚固厚实，有一个门闩插销，没有锁。唯有石屋是用钥匙锁着的。上了锁是用来避免有人来偷我们的工具，不过，木屋是开着的，就像山上的旅店那样，以备万一有人在冬天路过这里，遇上什么困难。房子四周的草坪干干净净的，现在像个花园；烧火的木柴在一个棚子底下晾着；我的弯弯曲曲的五针松正望着湖面，尽管我觉得它已不再那么壮实，也不如我种植下它时那样健康了。

　　最后一天，我去格拉纳接我母亲。她穿上了登山皮鞋，那是我从小就见她穿过的——她从未有过别的登山鞋。我想她登山会很吃力，我们按着她的脚步慢慢往上攀登，中间却一次都没有停歇过，而我跟在她后面，看着她怎么行走。她保持着同样的缓慢的节奏，两个多小时坚持不懈，让人觉得不可能见到她失去平衡或滑倒。

她对我和布鲁诺建造的房子很满意。那是九月份晴朗的一天，山涧里的水已经很少了，牧场里的草儿已干枯，空气也不再像八月份那样温暖。布鲁诺已点燃了炉子，待在家里，坐在窗前喝茶，挺惬意。我母亲喜欢窗户，久久地伫立在那儿往外看，而我和布鲁诺收拾着要往下捎的东西。而后，我见她走出去到台地上，仔细观看每一样东西，以便记住它们：山湖，石头滩，格雷诺的山顶，房屋的外貌。她久久地注视着头天用榔头和凿子刻在岩壁上的文字。我用黑色的油漆涂抹过，上面写着：

乔凡尼·瓜斯蒂

1942—2004

留在记忆里的最美丽的山中旅店

而后，她叫我们唱一支歌。这是山里人死去一位情人时唱的歌，歌词中祈求上帝让他在来世也行走在山上。我和布鲁诺都知道这首歌。我觉得歌词说得都对，该怎么样就怎么样。还有一样事情得说，这是我早就想过的，我决定在这个时刻说出来，以便让我的母亲也听得到，这样就有个证人牢记着：我对布鲁诺说，我愿意让这所房子成为我们的家，而不光是我的家。是我的，也是他的。属于我们俩的。我深信这也是我父亲所期望的，因为他是留给我们俩的；我尤其希望如此，因为这房子是我们一起盖成的。"从这一刻起，"我说道，"你可以把这房子看成是你的，就像我把它看成是我的一样。"

"你肯定？"他问我道。

"我肯定。"

"那好吧，"他说，"谢谢。"

然后，他从炉子里掏出炭火，并把它扔到外面。我关上了屋门，拿起赶骡子的缰绳，让我母亲带路。我们四个按着她的步调朝格拉纳出发了。

第三部分
一位朋友的冬天

9

　　那是一位尼泊尔老人，后来，是他向我讲述了"八山"的故事。他驮着一笼子小母鸡，沿着珠穆朗玛峰的山谷往某个山中旅店走去，在那儿小母鸡就将变成游客们盘中的咖喱鸡了。老人背着一只分成十来个格子的鸡笼，活母鸡在笼子里乱叫乱嚷着。类似这样的"旧式老爷车"，对我是久违了。我曾见过装满巧克力、饼干、奶粉、啤酒、威士忌、可口可乐的背篓，行走在尼泊尔的小路上，以满足西方人的口味，但一只可携带的鸡笼可从未见过。当我问老人可否给他拍个照时，他就把鸡笼搁在一道矮墙上，从前额摘去系着背篓的带子，并且摆好照相的姿势，微笑着站在母鸡一旁。

而后，当他喘口气歇息时，我们就说了一会儿话。他来自一个我也曾经去过的地区，为此，他很惊讶。他明白了，我并不是一个路过的行者，我甚至还能用尼泊尔语组词成句，于是，他问我为什么对喜马拉雅山这么感兴趣。我对这个问题作出的回答就是，我对他说，我生长在一座山里，我与大山结下了不解之缘，从那里我萌生了一种愿望，想见到世界上最遥远最美丽的大山脉。

"噢，"他说道，"我明白了。你是在游览'八山'。"

"八山？"

那位老人捡起一根小棍儿，用它在地上画了一个圈儿。他画得很完美，看得出他是习惯于画草图的。而后，他又在圈里面画了一条直径，然后，画了第二条直径，然后又画了第三、第四条直径，沿着角平分线，这样就得到了带有八条半径的一个轮子。我想到，我得从一个十字架出发，才能走完这样一种图形，不过，从圆圈出发，是典型的亚洲人的做法。

"你见过这样的一幅图吗？"他问我。

"见过，"我回答说，"是曼荼罗。"

"不错，"他说，"我们常说，在世界的中心有一座十分高的山头，须弥山。在它周围有八山八海。这就是我们的世界。"

他边说边在轮子外面为每条半径画一个小小的尖头，然后，在尖头与尖头之间画一朵浪花。八山和八海。最后在轮子的中心画了一个环，我想，那顶冠可以代表须弥山白雪皑皑的顶峰。他掂量了一下手头的活儿，摇了摇头，仿佛这样的一幅图他已画过上千次了，但最后这次有点失手了。然而，他用小棍子指着中心，下结论说："我们是不是可以说：谁游历了八山，或者谁登上了须弥山顶峰，谁就会学到更多的东西呢？"

带来小母鸡的尼泊尔老人看了看我，微笑了。我也笑了，因为他讲的故事很逗我开心，我觉得我已听懂了。他用手抹去了画在地上的图，但是，我知道自己不会忘了它。"对了，"我自语道，"我真的应该把这个故事讲述给布鲁诺听。"

***

在那些岁月里，我的世界中心就是我们一起建造起来的那座房子。在七八月份，我总会去那里待上好长时间，而且不时地带着我的一些朋友去，他们很快就都眷恋上那房子了，如此一来，我就有了在山上相处的一群同伴，那是在城里没有的。平时一星期内，我独自生活，读读书、写写东西，劈柴火，在旧时的小路上游逛。寂寞成了一种我习以为常的生活内容。挺好，然而也不完全是。不过，夏天的周六，却总有人上山来找我，于是，这房子就不再像一位隐士的茅屋陋所了，而是变成昔日里我与父亲经常出入的山间旅店似的。桌上放着葡萄酒，炉子里燃烧着柴火，远离着尘世，朋友们彻夜谈论不休，一夜之间我们就成了兄弟。那种亲密无间的温馨气息滋润着这山间小屋，我似乎觉得，那络绎不绝的友人来访，像是为它守护着炉里的炭火。

布鲁诺也为"奇崖小屋"的温馨所吸引。我看见他在傍晚时分从小路上冒出来，带着一块面包和一瓶葡萄酒；或者天色已黑时，听见他来敲门，好像在那海拔两千米的地方，半夜里，接待一位邻居的来访是一件再正常不过的事情。倘若我有朋友们结伴，他便主动与我们凑到一起同桌进餐。我发现他从来没有这么爱说话，好像是个沉默了许久、积攒了一大堆话想说的人。在格拉纳，他不得不常常生活在自己的天地里，不是在房子里看书，就是去树林里散步或冥想。我理解他在工地上劳累了一天之后，迫切地想冲澡更衣，忘却疲惫和困倦，沿着小路走到湖边。

跟这些朋友们经常讨论大家到山上生活在一起。我们读着布克钦，梦想着把那些被丢弃的村庄中的某一个改造成一个生态小城，在那里我们可以试验结社的想法。只有在山上才可以那么做。只有在山上我们才可以得到安宁。我们了解别的类似这样的试验，围绕着阿尔卑斯山，但都没持续多久，而且都没有好结果，不过，正因为如此，才给予了我们讨论的议题，而且不妨碍我们天马行空乱想一通。我们怎样解决食物的问题？电力怎么解决？房子怎么造？会用得上一些资金，但我们怎么才能筹集到钱呢？如果我们的子女要上学，我们该把他们往哪里送？家庭是一切群体的破坏者，是比所有权和权力更恶劣的敌人；对于家庭的问题，我们又如何解决？

这是我们每天晚上都做的乌托邦游戏。布鲁诺，他理想的山村正在建造，那是真的；而他乐见我们的山村小镇被拆毁。他说：没有水泥，房子耸立不起来；没有肥料，牧场上连青草也不长；没有汽油，我要看看如何切割木料。冬天，你们打算吃什么？像老人似的就吃土豆和玉米糊吗？他还说："是你们城里人把它称作'自然'，在你们的头脑里'自然'是那么抽象，就如同它的名字一样抽象。在我们这里，就是树林、牧场、山溪、岩石，都是人们可以用手指头指出来的东西，都是可以用的东西。如果它们不能用，我们就不给它起名字，因为它没有用。"

我喜欢听他这么说，而且我喜欢看见他面对我们满世界搜集的某些想法，显得如此兴奋；他是唯一有能力实现这些想法的人。有一年，他从滋养山湖的一条小溪里引出一条五十米长的管子，用电锯锯了一段落叶松树干，在房子前面建起一个喷泉水池。这样一来，我们有了饮用水，可以涮洗了，但并不是主要的目的：在水池的喷头下面，他装上了我让人从德国寄来的一只涡轮机。是塑料的，宽一拃，像一架风车。

"哎，贝里奥，你还记得吗？"他说道，"当年我们的水磨开始转动起来的时候。"

"我当然记得。"

那个装置可以给电池充电，我们可以整夜在屋子里开着一只收音机和一盏电灯。它日夜运转，像是一块太阳能板。无须看气象，不费钱，也不消耗能量。那是从格雷诺山上流泻下来流向湖里去的水，再往下流，途经我们的房子，为我们的夜晚送来了光亮和音乐。

二〇〇七年夏天，有一个姑娘跟我来到山上。她叫拉腊。我们在一起仅仅一两个月。当时我们正处在那种对于有些人是一种关系的开始，而对于另一些人却已经是结束的阶段：我开始退缩、逃避、人间蒸发，这样，她也许就会在一切变得太过痛苦之前放手。这是一个经过检验的办法，在那些天，她迫使我口头承认这一点。有一天夜里她很生气，后来，她就好了。

那曾经是美好的日子，虽然我们彼此都明白那将是最后的日子。房子、山湖、石子山地、格雷诺的山峰，拉腊都很喜欢，她沿着那周围的小路长时间地散步。看见她在那里行走，我感到有些惊诧。她是一位大腿结实有劲的姑娘，山上刻苦耐劳的生活令她很自在。在"奇崖小屋"我最终对她有了更好的了解，比以往两个月在城里与我一起上床时还要了解。她对我说，她是在山里长大的，会用冷水洗澡，在炉火前烘干身子；几年前她是从别的山里来到城里学习的，现在她很想念大山。并非她否定了去城里求学的选择；她感到与都灵有了一个恋爱故事，跟那里的街道、人们、夜晚、她从事过的工作、她居住过的房子，有过一段美好的、漫长的故事，但如今这些却烟消云散了。

我对她说，我很能理解她。在我身上也发生过同样的事情。她向我投来一种忧伤的目光，其中有些许责备和惋惜。下午，我见她走到下面的湖畔，脱光衣服跳进水中，一直游到那块类似礁石的大岩石边，那一刻我对自己说，也许我太过匆忙地离开了她。而后来我想起和某个人在一起时我的状态，那是我从来没想起过的。

那天晚上，我邀请布鲁诺共进晚餐。因为借贷和假期延误了进度，比原定计划迟缓了一年，不过，如今他差不多完成了对高山牧场的修建工程。他没有别的心思，三年来，他一直在跟银行职员和市政府官员打交道。冬天我干着两份工作，为了赚够夏天要花的钱；他一直处于那种思想绝对集中的状态，几近走火入魔，这在我当小工的季节里已经目睹过。他整个晚上都在跟我们聊按照法律条令兴建的牛棚，制奶酪的场所，存放奶酪的地窖，铜制和钢制的器材设备，铺设在牧羊人居住的小屋里面的瓷砖。他说的话我都能背下来了，但是拉腊并不那样，部分的是因为那种激情不符合她的习惯和兴趣。我的老朋友布鲁诺让我觉得好笑，我从来没见过他会试着去打动一个女人：他选择比平时更难说出口的词语，十分夸张地做手势示意，而且还不时地偷看她一眼以审视她的反应。

"他挺喜欢你的。"布鲁诺走后，我对她说。

"你是怎么知道的？"

"我认识他二十年了。他是我最好的朋友。"

"我没想到你会有朋友，"拉腊说道，"我本以为你见到一个朋友就会躲开。"

我没有反驳。起码我不能讽刺挖苦人。分手也得有风度；她是有风度的。

***

那年秋天，当布鲁诺打电话到都灵找我时，我正准备启程去做一项工作。那是我第一次去喜马拉雅山，当时欣喜若狂。我听到他电话里的声音，感到惊讶，一方面是因为我们两人谁都不常打电话，另一方面因为我的思绪已远远离开那里了。

他马上进入要点：拉腊刚刚回来找了他。拉腊？我思忖着。自从在山上度过那些日子以后，我们就未再见过面了。现在她独自一人上了山，她想参观高山牧场，想更多地了解他的工作方案。布鲁诺跟她说，春天他将开办农场，打算购买三十头奶牛，并非要卖牛奶给奶制品厂，而是想自己制奶酪，因而肯定需要聘用几个人。那正是她所企望的：她喜欢那个地方，她是在母牛中间长大的，她立刻毛遂自荐应聘了。

布鲁诺既感荣幸，又有些许担心。他原先没有打算让一个女人出现在农场。当他问我对此有何想法，我说："我认为她会干得非常好。她是个意志坚定的姑娘。"

"这我明白。"布鲁诺说道。

"那么？"

"我不明白的是你们之间的关系。"

"噢，"我说道，"我不知道。我们大概有两个月没见面了。"

"你们吵架啦？"

"没有。我们之间什么也没有；我很高兴，她上你那里去。"

"你肯定？"

"当然。没有任何问题。"

"那好吧。"

他向我道了别，并祝我旅途愉快。这就是以往那个年代里的人。我想：现在谁还会去征得他人的允许，才去做自己想要做的事情啊？当我挂上电话时，我已经知道以后会发生什么。我为他感到高兴。我也为她感到高兴。而后，我就不再去想布鲁诺、拉腊以及任何别的人，开始准备去喜马拉雅山的行囊。

***

　　第一次去尼泊尔的旅行，对于我来说，是一次及时的旅行。离开加德满都后驾车一天的路程，离开人烟不到两百公里，就看到一座狭小陡峭、树木丛生的山谷，有一条河流在山谷底下汹涌澎湃，但你看不见它，村子建立在一千米以上的高处，那里悬崖峭壁在阳光下温馨又平静。连接着村落的是上下起伏蜿蜒曲折的崎岖小路，以及脆弱的悬空绳索桥，桥下的山溪像刀锋似的穿过山谷的侧翼。整片山峦都是种植水稻的梯田，从侧面望去像是一台圆形台阶的梯子，用无灰泥的墙垣镶边，分隔成千百块。十月份是收获的季节，登山时我观察着干活的农民们：妇女跪在田里收割；男人在打谷场上打稻穗，把稻粒与稻草分开。稻米铺在帆布上晾晒，比在田里收割的妇女年岁大的女人在那里仔细地过筛。至于小孩子，到处都是。我见到两个男孩在犁一片地，如同玩游戏似的，他们吆喝着、用小棍子抽打着两头瘦骨嶙峋的牛，这令我回想起第一次遇到布鲁诺时，他手里拿着的那条黄色小棍子。他也会喜欢尼泊尔的，这里还存在着木头的犁耙、用来磨镰刀的河里的石块以及挑夫脚夫背上的藤背篓。尽管我见到了农民脚上穿的运动鞋，听到从他们的小茅屋里传来的无线电和电视的声音，我仍然仿佛又重新寻找到在我们那里业已消逝的山丘文明，那种鲜活的文明。沿着山路走，我连一片废墟都没看见。

　　我跟其他四位意大利登山爱好者一起重上山谷，他们是前往阿纳布尔纳 ① 去的。我本想去与他们合住一个帐篷，合用我的摄像机。摄像工作的报酬相当高，从一开始我就觉得是意外的收获。拍摄一部有关登山的纪录片，看看处在极端的环境下一群人身上会发生什么样的事情，这种想法令我十分好奇。然而，越是走近营地，我正在发现的场景就越加令我着迷。我已决定停下脚步，在考察之后，独自到海拔较低的地方转一转。

　　攀登的第二天，在山谷尽头出现了喜马拉雅山峰。那时候，我见到了世界黎明时分的高山的模样。峻峭的山峦，线条分外鲜明，像是刚刚凿刻出来，还未经时间的研磨。海拔七千米高度上的白雪，在阳光下熠熠发亮。瀑布从悬崖峭壁奔腾而下，冲击着岩壁，从山坡上分离出来崩塌的粉红色土壤，咆哮着流入河水之中。高处的冰川，对这种喧嚣漠然置之，冷冷地注视着这一切事物。水就是从那高处来的，那位长有两撇白色小胡子的先生曾经告诉过我。在尼泊尔，人们都把高山称作收获和丰满的仙女。沿着小路到处是流水：山溪之水，山泉之水，洗衣房妇女们在那里洗衣服用的水，有如我喜欢在春天里见到的水，层

---

① 阿纳布尔纳（Annapurna），尼泊尔境内喜马拉雅山中段的山峰，海拔 8087 米。

层梯田上是灌溉了水的稻田，村落、山谷变成了不可胜数的镜子，闪烁着夺目的光彩。

我不知道与我一起登山的意大利伙伴是否也注意到这些东西。他们迫不及待地离开村落，把破冰斧和登山鞋上的爪钩插入闪闪发光的冰石。我不那样做。我走在脚夫中间，这样，我就可以询问他们，了解我所不知道的东西：菜园里种的什么蔬菜，炉子里烧的是什么柴火，我们沿小路遇见的小寺庙是为谁建造的。那儿的树林里没有杉树或落叶松，而是一些奇怪的弯曲的花木，我无法辨认出来，直到有个男子告诉我，那是杜鹃花。杜鹃花！是我母亲最喜爱的植物，因为它开花仅仅只有几天，在夏初时节，它把山峦染成了玫瑰色、淡紫色和紫罗兰色。在尼泊尔，杜鹃花树可长至五六米高，树皮呈黑色，会脱下鳞皮，树叶像月桂树似的含有油分。高处没看见有柳树或刺柏，没有树林，而是一片竹林。竹子！我想。三千米高处的竹子。有小伙子从那里经过，肩上扛着成捆枝叶飘荡的竹竿。在村落里，人们用它们来建造屋顶，把竹子纵向劈成两半，一半凹，一半凸，把两半交替叠合在一起，让雨水在季风的季节里往下流。墙都是石头垒起来的，用泥抹上土坯。对他们的房子我都了如指掌。

挑夫们把从树林里捡来的一块小石头或一截嫩芽放在那些小寺庙里，他们建议我也那样做。因此，我们走进了圣地，从那里再往上攀登，就禁止宰杀或食用动物了。此时再难看到房屋周围的母鸡，牧场上也不见有母山羊。有一些野山羊，它们在悬崖陡壁上吃草，身上的长毛一直垂到地上，人们告诉我说，那是喜马拉雅山上的蓝色绵羊。一座孕育蓝色绵羊的高山。我在竹林中瞥见像黄狒狒的猴子，还有兀鹫苍凉的侧影缓缓地划过上空。不过，我仍然感到自己到家了。在这里，我自语，虽然不见树林，只有遍布石头的山地和草坪，我也如在家里。这里是属于我的高度，我觉得很惬意。当我初次踩踏在积雪上时，我这样想着。

***

第二年，我回到了格拉纳，带着一叠祈福用的大幅布块，把它们挂在了两棵落叶松之间，这样，我可以从屋子的窗口看见它们。有深蓝色、白色、红色、绿色和黄色——深蓝象征苍穹，白色象征空气，红色代表火，绿色代表水，黄色象征大地——它们在树林的阴影中十分显眼。下午当这些经幡与阿尔卑斯山的风交头接耳，在树木的枝杈中飞舞时，我经常注视着它们。我对尼泊尔的记忆与这些经幡很相似：色彩明亮鲜艳，热情奔放，这一次，我感到我以往的山峦显得从未有过的荒蛮苍凉。当我出去行走在山间，看到的只是悬崖峭壁和废墟。

不过，格拉纳也有某些新气象。布鲁诺和拉腊在一起已有一段时间了，他们无须向我讲述是怎么回事。我觉得他比以前严肃了，男人一旦有女人进入他们的生活，有时候往往会变得那样。她则恰恰相反，变得相当快活，抖掉了身上的城市尘埃，连同一种失望的感觉一起荡然无存——我记得那种失望之感，而现在我已看不见那种痕迹。她有着爽朗的笑声以及被露天的生活晒红的皮肤。布鲁诺很宠爱她。这就是我朋友的另外一面性格，是我以往所不知的。第一天晚上，当我讲述我的尼泊尔之行时，他不停地抚摸她，与她亲昵，抓住一切机会把一只手放在她大腿上或肩膀上，即便是跟我在说话，他也不断地与她有肢体接触。拉腊没有因为他的在场而显得焦虑不安或困惑。她只须用一个动作或使一个眼色，就能让他放心，无非都是：你听着吗？我听着呢。那是真的吗？我跟你说过是真的。我想：世上存在着恋人是美好的，但是大家都在一个房间里面，他们总让你感到自己多余。

冬天里下雪不多，所以布鲁诺决定在六月的第一个星期六上高山牧场或上山里。如同他所说，那天我也帮了他一把。他买了二十八头奶牛，都已怀有身孕，由一辆驮运牲口的卡车运送到格拉纳镇的小广场上。奶牛因旅途奔波都很烦躁，它们从滑槽跑下来，哞哞叫着，相互顶着牛角。要不是布鲁诺、他母亲、拉腊和我站在小广场四周拦住它们，让它们平静下来，它们不知会逃到哪里去了。卡车开走了。我们跟格拉纳镇的牧人豢养的两只黑狗一起，开始重又走在崎岖的山路上，布鲁诺在头里吆喝着："哟，哟，哟！嗨，嗨，嗨！"他母亲和拉腊列着队；我在队尾不干什么，享受山上的美景。两只狗恪尽职守，前后奔跑驱赶着落在后面的奶牛，它们狂吠着，咬着奶牛的体侧，直到它们归队。黑狗的狂吠声，奶牛抗议的哞哞叫声，以及牛铃的聒噪声，压过了任何别的声音，我仿佛觉得自己参加了一场狂欢节的表演，抑或一次复活。牛群越过了损毁的牧人小屋，沿山谷走去，荆棘丛生的墙垣，被砍伐的落叶松灰色的树桩，如同血液一样，重新在人体血管内循环，重又赋予其生命。我自问，那些肯定会从树林里窥视我们的狐狸和狍子，是不是能以它们的方式参与我所感受到的节日的气氛。

在上山路上的某一时刻，拉腊走近了我。我和她一直没有机会单独交谈，不过，我想我们俩都想过应该好好谈一谈。我不知道她为什么选了这个时刻，在四周尘土飞扬之中，我们说的话都得大声喊出来。她对我微微一笑，说道："一年之前是谁这么说的，唔？"

一年前我们在哪儿呢？我想。噢，对了，也许在都灵的一家酒吧里，或者在你家的床上。

"你满意吗？"我问她。

"很满意。"她说，又微微一笑。

"那我也高兴。"我说道，我知道我们不会再回到这个话题上。

那些天草坪上的蒲公英开花了。一大早花儿全一起绽放，像是被阳光沐浴过似的，一只鲜黄色的手抚摸着山峦。奶牛特别喜欢那些温馨的花朵，当我们一到那里，它们就在牧场上分散开，好像面对着一席盛宴。秋天里布鲁诺已把侵扰牧场的所有灌木都拔掉了，现在牧草面貌一新，像一座美丽的花园。

"你不放上线呀？"他母亲问道。

"明天放线，"他说，"今天让它们欢庆一番。"

"它们会把草毁坏掉的。"他母亲抗议道。

"不会的，"布鲁诺说，"您别担心，它们毁不了什么的。"

他母亲摇了摇头。我认识她那么多年，那天是我听她说话最多的一次。她一瘸一拐地登上山，拖着一条僵硬的腿，但脚步很稳。我不明白她为什么那么瘦。她隐身在宽大的衣衫中，看着一切，监督一切，又提建议，又作批评，为了使每一件事情都能做得正确无误。

三间牧人小屋似乎回到了生命的另一个年代。一间房屋，一座牛棚，一个地窖，墙和屋顶都用石头砌成，造得完美无缺，虽然其中包含了一个现代牧场的场所。布鲁诺走进了地窖，回来时带着一瓶白葡萄酒。我回想起多年以前他舅舅做过的同样的动作。现在他是一家之主。我们没有坐的地方。拉腊说，我们要造一张漂亮的桌子，供大家在露天吃午饭。不过，暂且我们就在牛棚的大门前面站着干杯，同时观察着奶牛是否习惯了高山上的生活。

10

布鲁诺执意手工挤奶。在他看来，那是唯一适合这些娇嫩牲畜的方式，因为它们会莫名其妙地烦躁和害怕。每头奶牛他花五分钟挤出五公升奶：那是一个好节奏，但并不总是意味着每小时能挤完十二头，或者两个半小时挤完全部奶。早晨挤奶时，把他从床上拖下来时，天色还是黑的。在高山牧场，没有周六或周日，他都记不得睡懒觉的乐趣，或者与他的姑娘钻在被窝里的滋味。不过，他热爱这种习惯性的仪式，他不会让给别人去做。他白天黑夜地在温馨的牛棚里度过时光，让自己在睡意蒙眬中清醒头脑，而挤牛奶就如同——抚摸奶牛，唤醒它们，直到它们能闻到草坪的郁香和鸟儿的鸣啭，开始踢蹄蹬足。

拉腊在七点钟端着一杯咖啡和几块饼干赶去找他。由她每天两次把牛群赶到牧场。她要灌注一百五十公升的牛奶，连同头天晚上在夜间浮出奶皮、脱去奶油的一百五十公升。她点燃锅炉底下的火，添加上凝乳酶，将近十点钟，锅里的牛奶便可以在布上过滤，并在木模上压成形。一共有六七种模型。从三百公升牛奶中可以产出不到三十公斤奶酪。

对于布鲁诺来说，那是一种神秘的转化，因为从来就没有把握会进行得怎样。他觉得像是一种炼丹术，能不能制成奶酪，最后出来的奶酪是好是坏，对这些他没有任何把握；他只会好好对待奶牛，用人们教会他的方式完成每一个动作。用奶皮做黄油，然后涮洗锅炉、奶桶、水桶以及工作场所，最后清扫牛棚，打开窗户，把牛粪冲到排水管里。

这时候已经是中午了。他吃点儿东西，然后就躺在床上睡一个小时。他梦见青草不生长、奶牛不产奶抑或牛奶不凝结，起来时脑子里想着要给小牛搭建一个木栅栏，或者在牧场上雨水淤积成泥塘的地方挖一条沟渠；下午四点钟，奶牛陆续被牵至牛棚接受第二次挤奶；七点钟，拉腊把它们领到外面，到那个时候，一切全由她张罗。没有别的活要干了，高山牧场里的生活缓慢下来了，进入了夜晚的宁静。

就在这个时候布鲁诺跟我聊起了那些事。我们坐在外面等待着落日，半公升红葡萄酒与我们做伴。我们瞭望着背面山坡上那些贫瘠的牧场，当初我们曾经去那里寻找过跑丢了的母山羊。天黑的时候，从深谷里吹来了阵阵微风，很快风儿变凉，冷了好几度；风儿带来了青苔和湿润泥土的清香，也许还有在树林边溜达的一只狍子的气息。一只狗嗅到了那种气息，离开了牛群跑去追它——只是两条狗中的一只，而且不总是同一条狗，好像它们之间有个协议要轮流狩猎或守卫似的。奶牛现在很平静。牛铃声难得听见了，越来越低沉了。

布鲁诺不想考虑实际问题。他从未与我谈论债务、单据、赋税、借贷抵押要交付的款项。他更喜欢跟我谈他做过的梦，或者挤奶时与奶牛亲密接触的感受，或者是凝乳酶的神秘。

"凝乳酶是小牛的胃里的一块，"他向我解释道，"你想，那胃是小牛用来消化母牛的乳汁的，我们把它取来，用它来做奶酪。这样做是对的，是不是？但是，也挺可怕的。没有那一块胃，奶酪就做不成。"

"不知道是谁发现它的。"我说道。

"是野人。"

"野人？"

"对于我们来说，就是生活在树林里的一个古人。长头发，大胡子，全身覆盖着树叶。他不时地在村子里转悠，人们都怕他，不过，还是把一些吃的东西放在外面给他，为了感谢他教会了我们使用凝乳酶。"

"一个像树一样的人？"

"有点儿像兽类，有点儿像人，也有点儿像树。"

"用方言怎么称呼？"

"Omo servadzo.①"

已是晚上九点了。牧场上的奶牛多半已成了一些影子了。拉腊也是裹卷在羊毛披风里的一个影子。她一动不动地站立在那里看管着牛群。要是有一头牛离得太远了，她就呼唤那头牛的名字，这时狗就蹦起来，无须下命令，就去把牛赶回来。

"也存在过野女吗？"我问道。

布鲁诺读懂了我的思绪。"她很棒，"他说道，"也许，她不知疲劳。你知道我感到遗憾的是什么吗？没有时间如我所愿地跟她在一起。要干的活太多了。我早晨四点钟起床，晚上把头栽到晚餐的盘子里就睡着了。"

"做爱在冬天。"我说道。

布鲁诺笑了。"确实是这样。山里人在春天里出生的可不多。我们都出生在秋天，跟小牛一样。"

这是我从他那里听到的唯一涉及性的话。

"你什么时候和她结婚？"我问他。

---

① 即"野人"，当地方言。

193

"噢，就我来说，恨不得马上结婚。是她不愿意提结婚那档子事。无论是在教堂，在市政府，还是什么地方。这是你们城里人的想法，你去理解吧。"

我们喝完了葡萄酒，然后起身去牛棚，趁天还没有完全黑下来。拉腊在两条狗的帮助下——先是一条，另一条也随即跟了回来，不知从哪儿蹿出来的，听到牛铃响声，就被召回尽其本分——把牛群集合起来。奶牛不慌不忙地列成一排，重新登上牧场，停留在饮水槽前。在牛棚里，每头奶牛都走到它夜里所在的位置。布鲁诺锁上牛轭，我把牛尾系在一根高挂的绳子上，为了让它们躺下时不至于把身子弄得太脏。我曾学过用手指快速绕一圈打一种结。我们关上牛棚门，离开那里去用晚餐，奶牛在黑暗中开始反刍。

***

借着前额手电筒的光亮，我回到了"奇崖小屋"。高山牧场上也有我的休息之地，布鲁诺和拉腊总邀请我在那里过夜，不过，有些东西驱使我辞别了他们，走上通往湖畔的小路。仿佛是要寻找与那个小家庭之间正确的距离，我离开他们是对他们的一种尊重，也是对自己的一种保护方式。

我应该保护我身上独处的能力。使自己习惯于独处，是需要建构一个我能适应并能惬意地生活的自己的地方；终究，我感到我们之间的关系总是困难的。于是我往家里走，就好像重拾了与其密切的关系。如果不是阴天，我很快就会灭了手电筒的灯光。一弯月亮和星星足以让我辨认出落叶松中的小路。没有任何别的响动，除了我的脚步声，以及山里溪流的水声。当树林沉静时，山涧流水奔泻而下，汩汩作响。万籁俱静时，流水声是那么清晰，我可以分辨出水在流经每个拐弯处、湍滩、瀑布时发出的声调。虽然不时地被茂盛浓密的草木树丛所掩盖，但在石子山地上它们又逐渐变得清晰可见了。

在高处，溪水沉默了。在那里水流消失在岩石之中，在地下流淌。我开始听到从低处传来的一种声音，那是吹刮在凹地的风声。湖面像是一片运动之中的夜空：山风把湖面的层层涟漪从此岸吹到彼岸，映照在黑色水面上的星光顺着风力游移闪烁，时而熄灭，时而闪亮，不断地骤变方向。我伫立在湖畔，一动不动地观赏着那如影如幻的画面。我觉得似乎难以捉摸无人存在时山里的生活。我不打扰它，我是一位很受欢迎的客人；于是我重又懂得了，在大山的陪伴下，我不会感到孤独。

***

七月底的一个早晨，我跟拉腊下山进村。我回都灵住一段日子，拉腊把贮存了六周的奶酪带下山去。有一头骡子是布鲁诺特地饲养的，不是多年前我驮运水泥用的灰色雄骡，而是一头黑色浓毛的母骡子，比较小，适合在高山牧场生活。他给它制作了一只木头驮鞍，上面安放着十二个模子，总共六十来公斤，那是发送到山谷去的第一批珍贵的货物。

对于他，对于我们来说，那是一个具历史意义的时刻。布鲁诺把驮鞍固定在骡子上时，吻了一下拉腊，并在骡子的胯部拍了一下，朝我示意，说："贝里奥，你认识道。"他辞别了我们，去洗刷牛棚。就像在工地上的时候那样，他决定了：送货物不是他的任务，山里人得待在山上，由山里人的妻子带着东西上山下山。不到冬天要离开牧场时，他不下山。

我们列队鱼贯地走进山间小路，我在前头，拉腊跟骡子在后面，最后是到哪儿都跟着她的那两只狗。骡子开始时得习惯装载的货物，步伐很不稳。下坡时比上坡更得谨慎小心。赶着骡子，在陡峭的地方，还得帮它，因为驮鞍会失衡滑落向前蹄，要紧紧地勒住系在它颈脖上的绳索。不过后来，在牧场的尽头，山路穿过水溪，变得平坦了。那就是昔日我看着布鲁诺骑着摩托车消失的地方，在我那么些年没能再见到他之前。从那儿开始，我和拉腊就可以肩并肩赶路，狗儿从树林里进进出出地追逐着野生动物，骡子离我们一步之遥跟着我们。骡子的气息，连同它蹄子落地的响声，成为我们身后安静的存在。

"他这么称呼你时，想跟你说什么呢？"拉腊说道。

"怎么称呼？"

"贝里奥。"

"噢，他想让我想起某些事物，我认为。从小他就这样称呼我的。"

"你应该记得的是什么事情？"

"这条道。我上上下下不知走了多少趟了，该死。八月里我每天从格拉纳上山去。他离开牧场想跟我逃走，然后，挨了他舅舅一顿揍，但他不在乎。二十年之前了。而现在我们却把他的奶酪往山下运。一切都改变了，却又什么也没改变。"

"改变最多的是什么？"

"当然是高山牧场，还有水溪。跟以往大不一样。当初我们在那下面玩耍，你知道吗？"

"是的，"拉腊说道，"玩溪水。"

我默默地伫立片刻。想到山间的小路，我头脑中浮现出第一次跟我父亲上山时的情景，我们那时是去见布鲁诺的舅舅。于是，在我与拉腊一起下山的时候，我想到的是昔日的一个小男孩走在他父亲前面上山的那一幕。父亲穿着一件红毛衣以及上宽下窄的法国轻骑兵裤，像一管风箱似的喘着粗气，催促着儿子。"了不起啊！"我想象着父亲说。男孩跑起来。哎呀！谁知道我父亲是否会停下来向这个未来的男子打招呼，他带着一个姑娘，牵着一头骡子，还有两只狗和一批奶酪。

"布鲁诺有点儿担心你。"拉腊说道。

"担心我？"

"他说你总是孑然一身。他想，你是身体不好。"

我笑了起来。"你们两人谈论这个？"

"时不时地谈论到。"

"那你是怎么想的？"

"我不知道。"

她考虑了一番，然后，作了另一种回答："我认为这是你自己的选择。而你迟早会厌倦一个人独处的，你会给自己找个伴侣。不过，你选择了这样生活，也挺好的。"

"说得对。"我说道。

而后，为了让她觉得好笑，我补充道："可你知道他跟我是怎么说的？说他要你嫁给他，但你却不感兴趣。"

"那个疯子？"她笑着回答说，"一辈子都不会跟他结婚！"

"为什么？"

"谁会跟一个不想下山的汉子结婚呀？嫁给一个尽其所有为了能待在山上制作奶酪的男人？"

"有那么严重吗？"我问道。

"你都看见了。我们已经干了一个半月了，这是我们的全部劳动成果。"她指着我们身后的货物，说道。

她变得严肃了。她思考着令她担忧的事，沉默了许久。"我很喜欢我们做的工作。即便下一整天的雨，我也淋着雨去放牛。劳动使我平静下来，让我能好好考虑一些事情，而很多事情仿佛已并不那么重要了。如果一个人只看重金钱，那很愚蠢。不过，现在我不想过另一种生活。我要这样的生活。"

格拉纳镇的小广场上有一辆白色小型货车，停靠在一辆拖拉机和混凝土搅拌机中间，还有我停在那里已有一个月的汽车。两个工人正在路边挖一条沟。一个男子，我从未见过他，在那里等着我们。他五十岁左右，外表看上去没有什么特别的。只是那么多日子在山里跟牲口在一起，再看到那些车辆、摩托车、沥青马路、干净的衣服，感觉有点怪怪的。

我帮助拉腊把奶酪从驮鞍上卸下来，前来接应的男子一一检查着奶酪，摸摸痂皮，闻闻味道，用指关节敲敲，想知道里面是否有气泡。看来他似乎挺满意。在小货车里有一杆秤，他把奶酪放在秤上称重量，在一个本子上记下分量，在收条上写了个数字交给了拉腊。那上面写着他们挣的第一笔钱数。拉腊在注视那个数字时，我偷看了她一眼，不过，看不到她有任何反应。她从小窗口向我告别，带着骡子和狗走上山间小路；他们消失在树林中，或者说，树林把他们当作上帝的创造物又带回去了。

***

在都灵，我把住了最后十年的套房腾出来了。那房子我用得很少，变成多余的了，然而，在离开那套房时，我却感到了某种伤感。我记得很清楚，当我觉得城市似乎充满着对将来的承诺时，到城里去生活曾有过的那种重要意义。我不知道是我太耽于幻想，还是它没有履行承诺。不过，一天之中，撤空了一个那么多年来一直满满的家，把我当初搬进来的东西杂乱无章地往外运走，就好像取回一只订婚戒指。

一位朋友廉价租给了我一间屋子，供我在米兰时住宿。我把另一些大箱子装在车子里，并把它们捎到米兰我母亲的住处。从高速公路上望去，玫瑰山头浮现在雾霾上方，犹如海市蜃楼——城市里炎热的空气融化了沥青。我觉得把东西从一个地方挪运到另一个地方真白费工夫，在大楼的楼梯上上下下的，像是在抵偿我过去犯下的不知哪门子过错。

母亲那段时间住在格拉纳，于是我独自在老套房里过了一个多月。白天我跟合作共事的制片人在办公室里转悠，晚上从窗口观察来往的车辆，想象着藏在大街底下的苍白无力的河流：这里没有任何属于我的东西，或让我感到从属于它的东西。我尽力制作出一系列关于喜马拉雅山的纪录片，它会使我远离这里很长时间。在找到某个能给予我信心的人之前，我得有一大堆毫无结果的约会；最后我获得一笔款子用来支付我的旅费及其他不多的费用，这对我就足够了。

当我重新登上格拉纳的山路时，正值九月份，刮着一股寒风，镇子里几只壁炉冒着烟。我从汽车上下来，闻到了一种不喜欢的味道，于是，一走上小路我就到山涧里洗了脸、洗了脖子。在树林里，我把一根落叶松树枝拿在手里揉搓。那是我通常的习惯，以便可以从我身上去掉城市的气息。不过，我知道这样只能管用几天。

大峡谷两侧的牧草开始发黄了。在布鲁诺的地块上，除了木板桥以外，溪畔全被牛群的脚蹄踩踏过了。从那儿上去，青草全没了，剃得精光，而且已上了肥料，留下一些刚耕过的土地，有几头奶牛在那里刨土扒地——天气不好的日子里，当雷阵雨来临的气息令它们感到不安时就会这样。现在我也感到空气中有这种气息，连同强烈的牛粪味儿，而且夹杂着从布鲁诺小屋里升起的柴火烟味。那是他制作奶酪的时辰，于是我决定一直朝前走，下次再去找他。

越过牛棚，我听到了铃铛声，看到拉腊在远离山路的高处放牧，是在留有最后一些牧草的斜坡上，我向她致意，她早就看到了我，举起收起的伞把回敬我。开始落下雨滴了。熬过那些酷热的夜晚，以及不安的梦，我感到疲惫不堪。我只想回到"奇崖小屋"，生上炉子睡大觉。没有什么能比在山上自己的巢穴里长长睡上一觉更能让自己重新恢复体力的了。

接连三天的浓雾笼罩之中，我很少离开屋子。我伫立窗前，观察着云彩如何从峡谷升起，又怎样钻入树林中穿过落叶松树枝，使我祈福的经幡褪去了颜色，直到把它们全部吞噬。屋子里的炉火因气压过低都灭了，我看书和写作时烟熏着我。于是，我出了屋到浓雾之中，下去活动腿脚，一直走到湖畔。我往湖水中扔了一块石头，早在发出扑通声之前，就消失得无影无踪了，我想象着成群的小鱼儿一定在好奇地围绕着它游弋。晚上我听着几个瑞士电台，想着等待着我的来年。那是一种酝酿伟大业绩的状态。

第三天，听见有人敲门，是布鲁诺。他说："你真的回来了。你来山里吗？"

"现在吗？"我问道，因为外面一片白茫茫。应该是中午了，不过，也可能是任何时辰。

"得了，我让你看一样东西。"

"奶牛吗？"

"奶牛就让它们待在那里吧。它们又不会死的。"

于是我们动身登上斜坡，沿着通往上面山湖的小路走着。布鲁诺穿着橡皮靴子，一身的牛粪，直脏到大腿，他一边走，一边跟我说他得浸泡在粪池里，把一头在雾中掉落到粪池里的奶牛拉出来。他笑了。他跑着往山上去，以致我不得不吃力地跟在他后面。黄蜂咬了他的一头牛，他说，他发现了，因为他总见那头牛走近水边，因口干舌燥而不断喝水，他在检查那头牛时，在它肿胀的腹部发现了黄蜂咬的洞孔。看着它行动艰难心里好难受。拉腊把它装在骡车上，送到了一位大夫那里去。但是他母亲也说过，随便喂些奶给它喝，只让它喝牛奶，别喝水，也别进食。现在它已痊愈，而且慢慢在恢复体力。

"跟牲畜在一起，你总能学到新的东西。"他说道。他晃了晃脑袋，而后又以他那种折磨我的步伐往山上走。直到在另一个高山湖畔，他又继续跟我讲他的奶牛、牛奶、牛粪、青草，因为我不在山上期间，发生了许多事情，对此，我得有所知晓。他正在考虑将来往山里捎上几只兔子、母鸡，不过，还得建造漂亮的围墙，因为周围有狐狸，还有老鹰。"人们不会相信，"他说，"鹰比狐狸更凶残，对家畜来说。"

他没有问我都灵或米兰的情况如何。他也不想知道整整一个月我都干了些什么。他谈论着狐狸、老鹰、兔子和母鸡，假装城市不存在似的，总是那样，好像我远离这里没有另一种生活似的：我们的友谊就居住在这座山上，而发生在山谷外的事情不应该触及我们的友谊。

"农场经营得怎样？"当我们在小湖畔稍作喘息时，我问道。

布鲁诺耸了耸肩膀："挺好。"他说道。

"账目收支情况好吗？"

他做了个鬼脸，看了看我，仿佛我提出了一个麻烦的问题，只是存心要毁掉他一天的好心情似的。然后他说："拉腊负责管账目。我曾经试着过问账目，不过，我觉得自己干不了。"

我们攀登上浓雾弥漫的石子地。没有了小路，我们各自走自己的路。要跟着冰柱走已看不太清楚路了，确实几乎很快就错过了，我们宁可顺着斜坡，凭直觉按照石子地本身的路线走着。我们盲目地往上攀登，我不时地听到布鲁诺在我头上或脚下踩动石头的响声，我瞥见他的人影，并跟在他后头。倘若我们相距太远，我们中的一个就喊："喂！"而另一个就回答："嗨！"我们像雾霭中行驶的两只船，不断调整着航向。

直到一定的时候，我发现光线变了，此刻在我眼前的岩石上投下了黑影。我抬起双眼，看见在一团潮雾中有一种天蓝色的色调越来越稀薄，而当我走了几步之后从团团雾气中出来，骤然看到四周充满着阳光，头顶上方是九月的蓝色天空，脚底下方是白色的云团。我们已达到两千五百米以上的高度。少数几座山峰犹如一系列的岛屿，把掩没的山脊浮现，出现在那个高度。

我也发现我们已走出了通向格雷诺顶峰的山路之外，或者至少是在正常的道路之外。不过，我并不想穿越石子山地朝峡谷山口走，而是想抵达我上方那个山顶，想试探一番。我发现这并不困难。我一边攀登，一边抱着幻想——绝对是第一个攀登那山顶，能载入登山俱乐部的名册：格雷诺西北部山顶，首次单人攀登，彼得罗·瓜斯蒂，二〇〇八年。但是，在离那里不远的地方，在一片小台地上，我找到了几只生锈的小罐头，是肉罐头，或者也许是鱼罐头，是很多年之前人们在山里不屑把它们带回山谷的东西。这样，我就又一次知道了，有人在我们之前已来过这里了。

峭壁上的一道裂缝把我所在的山顶与沿着正常山路上去的山顶分割开来了，越是往上，那条裂缝就越来越陡峭险峻。布鲁诺选择从那条裂缝往上攀登，我看见在陡峭的岩石上，他设计了一种全然属于他自己的技术：他把双手也放开，用双手双腿往上爬，速度很快，本能地选择手脚可以攀登的支撑点，永远不加大重量。有时候，脚下或手下的土松动了，但他已经越过去了，而那些崩落的石头就像小小的塌方似的滚落下来，仿佛是在纪念他攀登的路程。不可思议，我想道。我比他早抵达山顶，我从山顶上能及时地欣赏他新的登山风格。

"你是从谁那里学到这种攀登方式的？"我问他。

"从小羚羊那里学的。有一次我看着它们，对自己说：现在我也试试。"

"好使吗？"

"谁知道。我还须再琢磨一番才是。"

"你早知道可以从云雾中出来吧？"

"我希望能走出云雾。"

我们坐在石头堆上，有一次我们曾在那里找到过当初我父亲留下的话。阳光照射出石头每一条棱边和一道道刻痕，也同样照射出布鲁诺脸上留下的岁月痕迹：他眼睛四周新的皱纹，颧骨下的阴影，以及我记不清的脸部皱纹。他在高山牧场上的第一个季节应该是相当艰辛的。

我觉得这是该跟他谈及我的旅行的恰当时候。我对他说，在米兰我筹集到了足以供我离开至少一年的资金。我想拍摄尼泊尔各大区的风情，并向人们讲述那里山上居民的生活：在喜马拉雅山的幽谷里有许多山区居民，他们之间各不相同。我将于十月份启程，就是在季风刚结束的时候。我的钱不多，但我跟在那里劳动的人们有很多关系，他们会帮助我，接待我。我坦诚地对他说，我已离开了都灵的家，现在我在那里已没有房子了，我也不想要；如果在尼泊尔事情进行得顺利，我可以在那里待得更久些。

布鲁诺默默地听我说。当我说完之后，他呆了片刻思考我说的话所蕴含的意思。他望着玫瑰山头说道："你记得那次跟你父亲一起的情景吗？"

"我当然记得。"

"我不时地在想，那天山顶上的冰是否已落到谷底了？你知道吗？"

"我不相信。应该还在半路上。"

"我也这样想。"

接着，他问道："喜马拉雅山跟它有点儿像吗？"

"不，"我回答说，"一点也不像。"

很难跟他解释为什么，但我愿意试试，我补充道："你知道那些倒塌许久的庞大的建筑物，就像在罗马、在雅典那些？在那些古老的年代里，它们只剩下一些柱子；地上的石头，原先都是墙头。就是这样，喜马拉雅山就像是原来的寺庙。你一生只看到过废墟，怎么能看到它完整的全部呢。"

我很快就后悔自己以这种方式与他谈论。布鲁诺观察着云彩方向的冰川，而我想，在未来的几个月之中，我会这样记起他，就像是那堆废墟的守卫者。

然后，他站了起来。"到挤奶的时候了，"他说道，"你也下去吗？"

"我想在这里再待一会儿。"我回答说。

"这样挺好。谁想回到那下面去呀？"

他进入原先上来的峭壁的裂缝，消失在崖石之中。几分钟之后，我才又见到他在一百米以下的地方。下面有一片冰雪台，全往北移动了，他穿过石子山地想抵达那里。在那片小小的雪原之顶，他用脚触摸到坚固结实之处。他抬头望了望我，向我致意，我用力挥手回敬他——从远处可以见到的手势。雪应该已结成坚冰了，因为布鲁诺跳到了雪原上面，很快加快速度：他大步往下走，穿着他工作的靴子滑行，挥动着胳膊以保持平衡，一瞬间就消失在雾霭之中。

11

阿妮塔跟山里人一样，生在秋天。

那年我不在：在尼泊尔我与非政府组织建立了关系，并且与某些机构合作。我在那些正在建学校或医院的村子里拍些纪录片，那里正启动一些农业或妇女劳动的项目，有时候，还为一些流民装备营地。我看到的并非都令我愉快。加德满都的领导人不过是一些职业政治家。不过，在山上我却遇见各种类型的人，从老嬉皮士，到从事国际民间服务的大学生，从医生志愿者到登山爱好者，他们一次又一次地登山探险，其间，还停留在那里当泥瓦工。即便是他们，也不是没抱有野心，也不是没有权力争斗，不过他们都抱有理想主义。而我，生活在理想主义者中间，感觉挺好。

当时，我在尼泊尔的木斯塘，六月份，在与西藏结壤的一片干旱的高地。我母亲写信告诉我——从隐蔽在红色岩石上面的白色小房子里——说她刚刚上山去格拉纳，她发现拉腊已怀孕五个月了。她立刻就感到自己有责任前去帮忙。夏天期间她给我寄来的情况汇报，就如同医生的病历报告：六月份拉腊在放牧时，把一边的踝骨扭歪了，她一瘸一拐地坚持了好些日子；有一身白皙皮肤的她去打饲草，七月份中暑发烧了；八月份，她的双腿已经浮肿，腰酸背疼，仍然每周两次牵着骡子驮运奶酪下山。我母亲吩咐她得休息。拉腊不听她的。当布鲁诺建议雇一个劳工顶替她的活儿，她抗议说，奶牛也都怀有身孕，它们可没有那么多托辞，甚至，看着它们那么平静，她也觉得轻松了。

我在加德满都，现在是季风季节的盛期。每天下午，城市都会被一场雷阵雨所冲击。那时候疯狂的摩托车和自行车的穿行就停止了，成群的流浪狗躲避在房屋顶棚下面，城市的街道也变成了泥流和垃圾堆，而我把自己关在某个电话间里，在一台古旧的计算机跟前读新闻。母亲令我感到惊讶。我不知道自己是否更受到拉腊的欣赏，她正在高山牧场上要生出她第一个儿子，还是被年逾七十岁的另一个女人欣赏，她步行上山去找她，每月一次陪她上医院。八月份的超声波图示毫无疑义地确定她怀的是一个女孩。拉腊之后继续上牧场，但挺着大肚子已妨碍她进行任何活动，她只能在牛群跟前走走，在一棵树底下看着牛群。

而后，在九月的最后一个星期日，刷干净闪闪发亮的牛毛，修饰好牛轭，戴着气派的铃铛，牛群浩浩荡荡地在季节末庄严隆重地下山去深谷。布鲁诺把它们安置在为冬天租赁的牛棚，到那时只有等待。他作为山里人该已作过一些打算，因为拉腊不久后就分娩了，那似乎也是一种季节性的工作。

我记得当母亲告知我消息时我在何处：在多波河下游，一个酷似阿尔卑斯山湖的湖岸上，四周全是红杉树林和佛教寺庙，跟一个我在加德满都认识的姑娘在一起。她在城里的一家孤儿院工作，不过，那几天我们休假了，为了能单独上山去。在一家没有炉子、海拔三千五百米的高山旅店里——那里的墙壁只不过是抹涂成天蓝色的木头板条——我们把两只睡袋合到一块，并紧紧依偎在一起。她睡着时，我从窗口注视着星空和杉树树尖。到一定的时候我看到月亮升起来了。我久久未能入睡，想着我的朋友布鲁诺已经当父亲了。

***

二〇一〇年，我回到意大利时，发现意大利已陷入一种荒唐的经济危机。米兰飞机场的萧条景象就宣示了这场危机，几公里的降落跑道上只有四架飞机，高档时装店的橱窗在空空荡荡的展厅里闪烁。把我带入城市的火车，在七月的夜晚里，开着空调冰冰凉的，我看到处处是大片的平地，工地上高高的起重机悬挂在空中，地平线上落起的摩天大楼轮廓怪异。我不明白，怎么所有的报纸都报道说钱都花完了，无论在米兰，还是在都灵，我都注意到一种黄金时代的建筑的狂热。去寻找那些老朋友，就如同在医院的病房里转悠：制作厂家、广告公司、电视频道，我当初曾与他们合作过的，都倒闭关门了，他们之中很多人都坐在沙发上无所事事。到了四十岁左右，都沦为打零工，接受退休父母的钱过日子。你看看外面，有人对我说道，你没看见到处都耸立着高楼大厦吗？谁在偷窃属于我们的东西呢？我无论到哪里，都呼吸到这种失望和愤怒的气息，这种委屈感，世代的委屈感。口袋里已有重新返回去的机票，就是一种安慰了。

没过几天，我登上了一辆上山的游览车，在山谷的入口处我又搭乘另一辆大汽车，在当初我和母亲去打过电话的酒吧前下了车，虽然我们待过的红色电话间早已不在了。我像当初一样步行上了小路。那山间老路穿过了柏油马路的拐弯处，很快被荆棘和树丛吞噬了，于是，我不再顺着山路走，而是凭记忆往上走到树林里去。当我从树林里出来，发现在高塔的废墟一旁，冒出上网的中继器，而且在下面的峡谷里，一座水泥坝截断了山溪的水流。小容量的人工水库满是解冻的泥土，一辆挖土机正在从水里掏土，又把土卸在溪岸上，履带压出的车辙和泥泞的沙土损坏了布鲁诺自幼在那里放牧的草地。

然后，我越过了格拉纳镇子，就如同通常那样，我觉得把一切有害的东西都丢在了身后。到了阿纳普尔纳，就像进入了神圣的山谷，只是在这里没有任何宗教戒律，不必保持一切东西原封不动。我重又找到了我和布鲁诺在孩童时称作"锯木厂"的空地，因为那里留下两条轨道和一辆运输小车，谁知道什么时候它们曾被用来切割建造房屋用的木板。那附近竖起一条架空电缆，为了把那些木板发送到高山牧场。一条钢缆缠绕在一棵落叶松周围，如今已被树皮吞噬了。人们已把它忘了，我儿时的大山，因为已毫无价值，而这正是山的幸事。我放慢了脚步，就像尼泊尔高山上的脚夫似的悄声说着，Bistare，bistare，我不想让上山的感受结束得太快。每次我回到山上去，都觉得仿佛回归自我，回到我当初所在的地方，在这里我感觉很好。

他们在高山牧场等我共进午餐。布鲁诺、拉腊、小阿妮塔——她不到一岁，正在牧场中的一块毯子上玩耍，我母亲一刻不停地盯着她。她说："彼得罗叔叔来了，阿妮塔，你看！"而且马上把她抱给我，让我们交上朋友。女孩儿迟疑地审视了我，由于好奇，她揪着我的胡子，发出一种我不懂的声音，并为自己的发现笑了。母亲与我出发辞别她时相比，像是变了一个人，不再是那上了岁数的年迈女人。不过，不仅仅是她，整个高山牧场都比我记忆中的那个更富有生气了：母鸡、兔子、骡子、奶牛、狗儿，上面烧着玉米糊、炖着肉的炉火，而饭桌也已在露天摆好了。

布鲁诺见到我是那么高兴，竟然拥抱了我。这动作对我们来说非同寻常，于是，当他紧紧抱住我时，我想："发生什么变化了吗？"当我们分开时，我仔细看他的脸，寻找着他脸上的皱纹、灰白的头发，那些年岁的重负反映在他面部的印痕。我感觉到他也在我身上寻找着同样的印痕。那是永远不变的我们吗？而后，他让我坐在桌子主宾席上，斟了酒——四只倒满了红葡萄酒的杯子——要为庆贺我的归来而干杯。

我已不习惯饮酒吃肉，很快就醉意浓浓。我信口开河。母亲与拉腊轮流站起身去照看阿妮塔，直到女孩儿发困了，我想，她们之间是有某种示意或默契的。我母亲抱着小女孩，哄她入睡。我带了一把茶壶、几只茶杯、一包红茶作为礼物，于是午餐之后，我用黄油和盐，泡煮了藏茶，尽管高山牧场上的黄油不够劲儿，带哈喇味儿，就像牦牛的黄油似的。这种茶令他作呕，于是他把自己的茶倒了，也把我们的茶杯倒空，从一只大瓶子里倒出烈酒斟满。我们三人都有点醉了。他搂着拉腊的双肩，接着说道："喜马拉雅山上的姑娘怎么样？她们像阿尔卑斯山上的姑娘这么漂亮吗？"

我觉得自己情不自禁地变得严肃起来。我含糊其辞地支吾着。

"你不会是当了和尚吧，嗨？"布鲁诺说道。不过，拉腊领会了我缄默不言的含义，她替我回答说："不，不。总有某个姑娘会陪伴他的。"于是，布鲁诺看了看我，笑了，他发现那是真的，因为我本能地用两眼寻找我的母亲，还好她离得太远听不见。

更晚些时候，我到一棵老落叶松底下躺下，一棵孤寂的老树俯瞰着屋子上方的草坪。我眯缝着双眼躺在那里，双手放在后颈窝，望着隐掩在树枝间的格雷诺山顶和奇峰，任由睡意来袭。我想，自己在无意之中以某种方式创建了这个奇特的家庭，而我正身处其中。谁知道他看到我们在一起共进午餐会怎么想。他的妻子，他的儿子，他山里的另一个儿子，一个年轻的女子和一个小女孩。我想，我们如果是亲兄弟，那么布鲁诺无疑就是长子。他是那个造就了一切的人。长兄建造了房子、家庭和事业，有他的土地、他的牲口、他的后代。我是挥霍无度的弟弟。他不结婚，不生儿育女，满世界游逛，几个月也不捎信儿回家，除了在节日里偶尔回来，就在吃午饭的时辰。"有人会这么说吗？爸爸？"我带着这些酒后的胡思乱想，在阳光下睡着了。

***

那年夏天，我与他们一起过了两个星期。说短不短，但我仍感到自己是来访的客人；说长不长，还不至于让自己无所事事地待在那里。在"奇崖小屋"里，两年没人住留下不止一种痕迹，以致当我重又见到那间小屋时，不由得想请求它原谅：丛生的野草已开始包围小屋，房顶的好几块木板都弯曲成船形，脱节断开了，而且我离开时，忘了摘掉从墙头伸突出来的排烟管道，这样一来，大雪把管道压断了，使房屋里面也遭到了损失。得在山里住上几年才足以让它恢复如旧，再过几年就足以使它重又沦为一堆石头，跟原先那样。于是，我决定花几天工夫眷顾它，以让它对我的重新启程有所准备。

跟布鲁诺和拉腊待在一起，我发现有某种别样的东西开始变质了，就在我离开期间。当我母亲不在时，阿妮塔被安顿在床上，幸福的农庄又变成了一家财政赤字的企业，而且我的朋友们成了两个争吵不休的合伙人。拉腊没有说别的。她告诉我，奶酪赚的钱不够交付抵押的分期款项。资金的进入和流出没有能使他们的口袋里留下任何余款，同时，欠银行的债务仍原封不动。但是，夏天，因为生活在山上，他们能够自给自足，或者差不多可以自足；但在冬天，要付牛棚的租金以及其他的花费，他们就难以支撑下去了。他们得请求另一笔贷款。新的债务用来偿还旧的债务。

那年夏天，拉腊决定跳过一次转手，排除那个我也遇见过的批发商，直接卖给商人，尽管这意味着她得多干活儿，每星期要两次把小女孩留给在格拉纳的我母亲那里，驱车出发去巡回交货，与此同时布鲁诺在高山牧场得独自对付牛群；他们本应该雇个人，那就要另当别论了。

拉腊跟我稍稍讲了这些事情之后，布鲁诺就直叹气。一天晚上，他说道："我们能换个话题吗？彼得罗我从来见不到他的，我们总在这儿谈钱的事吗？"

拉腊生气了。"那我们说什么啊？"她说道，"我不知道，谈论牦牛？你说呢，彼得罗，我们不能办一个牦牛饲养场吗？"

"是个主意。"布鲁诺评论道。

"你听到了吧？"拉腊对我说，"他生活在山顶上，他可没有我们普通人遇到的问题。"然后，又对他说："不过，是你把自己逼到这种困境中的，唉。"

"的确是的，"布鲁诺说，"那是我的债务，你别太放在心里。"

听他这么说，她愤怒地盯着他看，骤然站起来，离开了那里。他立刻就后悔自己那样回答了她。

"她说得有理，"他对我说，当只剩下我们俩时，"可我能怎么做呢，我不能干更多的活儿。而总是想着钱的事，解决不了任何问题，应该想些更好的办法，不是吗？"

"你们需要多少钱？"我问道。

"算了吧。我告诉你，你会害怕的。"

"我可以帮助你。我可以留在这儿干活，直到季节末。"

"不用，谢谢。"

"你不必支付我工钱，哎。我高兴那么做。"

"不用。"布鲁诺生硬地说道。

***

在我启程前几天的日子里，我们不再谈论这个话题。她生气又担忧，干她自己的事儿，围着女儿忙碌。布鲁诺假装什么事儿也没发生过。我上上下下往返于格拉纳和牧场之间，为安置小石屋操办材料。损坏之处我又抹上了水泥，堵上了排烟的管道，清除了地面四周的杂草。我让人把落叶松木板截成与原来的一样大小，当布鲁诺来向我辞别时，我正在屋顶上换木板：也许他原本是要上山的，看到我在屋顶上，就爬上来跟我一起干。

那是我们六年以前干过的活儿。我们很快又找到了我们古老的节奏。布鲁诺卸去旧木板上的钉子，我把木板扔到草地上，然后放上新木板，把它固定住，布鲁诺用钉子钉住。我们无须相互招呼，一个小时的时间，似乎就回到了那个夏天，那时我们的生活还没有方向，我们除了有一道墙要建，有一条梁要竖起来，就没有别的问题了。这段日子持续得太短了。最后，屋顶就像新的一样。我到水池去取两瓶啤酒，那是放在冰水里冷却的。

那天早晨，我把祈福的经幡取下来了，已经日久褪色，被风吹撕扯得破破烂烂的，我把它们塞进炉子里烧了。而后，我挂上一些新的经幡，不是搭在两棵树干之间，而是挂在岩壁和房子的棱角之间，因想起了在尼泊尔见到过的佛塔。现在经幡在我父亲的墓志铭上方迎风招展，仿佛在祝福他。当我回到上面时，布鲁诺正注视着这些经幡。

"经幡上写的什么呀？"他问道。

"祈福的祷文。"我说道。

"昌盛。和平。和谐。"

"你相信吗？"

"相信什么，命运吗？"

"不是，相信祈祷。"

"不知道。不过，祈祷使我有好心情。这已经足够了，不是吗？"

"是的，你说得有道理。"

我脑袋里浮现出我们的护身符，我寻找它，想看看它怎么样了。小小的五针松仍然在那里，纤弱又弯曲，就像我们种下时那样，但它活着。如今已经是它第七个冬天了。它也随风摇摆晃动着，但并不启示人平安和谐，更多的是倔强固执。眷恋生命。我想，在尼泊尔，那并不是美德，但在阿尔卑斯山却是。

我打开了啤酒瓶盖。把一瓶给布鲁诺，一边问他："那么，当父亲怎么样？"

"怎么样？"他说道，"嗨，我也真想知道呢。"

他抬起双眼望着天空，而后补充道："现在挺容易，把她抱在怀里，像哄一只小兔或一只小猫似的哄她。那我会做，我也一直这样做。当我得向她讲些什么的时候，困难就来了。"

"为什么？"

"我怎么知道。我生活中仅仅看到这个。"

他说"这个"时，用手做了个手势，它应该包含着湖、树林、草坪以及石子地，就在我们眼前。以往我从未这样问过他，一来是不想伤害他，二来是因为答案改变不了什么。

他说道："我会挤牛奶，我会制作奶酪，我会砍树，会造房子。我还会向一头猛兽开枪，假如我快要饿死了，我就把它吃了。这些事情，自幼就有人教会了我。但谁教过我当父亲呢？我的父亲肯定没有。最后我不得不揍了他，为了让自己耳根清净些，我从未对你讲过吧？"

"没有。"我说道。

"是这样的，当初我整天在工地上干活，我比他壮实。我想我伤害了他，因为我再没见过他。可怜的人。"

他重又仰望天空。风儿仍吹动着我祈祷的经幡，它把云彩推向山峰之外的地方。他说道："我感谢上天，至少阿妮塔是女孩儿，这样，我可以喜欢她，就足够了。"

我从未见他如此沮丧过。事情的进展确实不是我所希望的那样。我跟当时我们还是孩子时一样感到无能为力，当初他可以一整天都不说话，沉浸在一种灰心丧气里，我觉得那是一种绝对的、无法弥补的失望沮丧。我真希望知道么一种诀窍，能像老朋友那样鼓舞他的士气。

他离开之前，我头脑里想起了"八山"的故事，我想他会喜欢那个故事的。我跟他讲了故事，竭力回忆起每个字和每个手势——就是那个运送母鸡的人——我用一颗钉子在一块木板上画出曼荼罗。

"所以你就是那个去'八山'的人，我就是那个登上须弥山头的人。"最后他说道。

"看来似乎是这样的。"

"而两者之中，谁能成功呢？"

"你。"我回答道。不仅是为了鼓励他，而且因为我相信是如此。我想他也深知这一点。

布鲁诺没说什么，又看了一眼图，想记住它，然后在我肩上拍了一掌，就从屋顶上跳了下来。

***

在尼泊尔，我又出乎意料地发现自己也关心起孩子们来了。不是在山上，而是在加德满都的近郊，它延伸到整个山谷，类似当今世界上许多稀奇古怪的城市之一。他们都是来到城市寻找好运的人的子女。有时候他们失去了父亲或母亲，有时候他们失去了双亲，不过，更经常的是父亲或母亲生活在一间棚屋里，像奴隶般在蜂窝般的一个洞里干活儿，让他们在马路上长大。于是，这些子女遭受到一种在山里不存在的命运。在加德满都行乞的孩子、从事某种非法交易的小团伙、呆滞而又肮脏的小孩子在垃圾堆里掏东西，成了都市里的一道风景，就像佛教寺庙里的猴子和流浪狗。

有一些组织机构设法过问，与我在一起的姑娘就在这样一个机构里工作。由于我在街上看到的那番景象，以及听到她对我叙述的情况，就难免得向她伸出援手。一个人终会找到自己在世界上的位置，以自己难以相信而又不可预见的方式：在经过那么多的辗转之后，结果我在山脚下的一个大城市落了脚，跟一位实际上做着我母亲那样工作的女子生活在一起。而一有可能，我就与她逃往山里，重新找回我们被城市带走的力量。

我行走在那些山路上，经常想到布鲁诺。并非是树林、河流或者小孩子让我想起了他。我回想起在他们那个年龄时候的他，生长在那个处于濒死状态的他的家乡，留下来独自玩耍的废墟堆，以及变成地窖的一所学校。对于一个富有才华的人来说，在尼泊尔有很多事情可干：我们依照课本教英语和算术，不过，也许我们应该展示给那些移民的儿女们，怎么种菜园子，怎么造一个牛棚，怎么饲养山羊，于是，我不时地幻想着怎么把布鲁诺拖到这里来，让他离开那濒于死亡的大山，去教育新的山里人。在世界的这个地方，我们可以做一些大事情。

然而，如果是为了我们自己，我们就不会多年相互不通音讯了，好像我们的友谊不需要关切了。是我母亲给我们带来彼此的消息，她习惯了生活在相互不交谈的人之间：她写信告诉我阿妮塔的情况，谈到她毫无畏惧的成长方式和逐渐形成的粗野性格。她已对那个女孩儿很有感情，她担心看到她的父母越来越处于危机之中。他们干太多的活儿，而且不断地想方设法干更多的活儿，以至于在夏天，我母亲索性让阿妮塔跟自己待在格拉纳镇，为了让他们至少能摆脱那种思绪。拉腊已被债务搞得很恼火。布鲁诺躲着，整天沉默不语，埋头干活。母亲不明确说她所担心的事，但从她的字里行间里不难看出；无论她还是我，都开始明白事情会怎么了结。

他们就那样又维持了一段时间。二〇一三年秋天，布鲁诺宣告破产，关闭了农场，把高山牧场的钥匙交给了司法官员，拉腊带着女儿去她父母家住。尽管据我母亲所说，事情恰恰相反：是拉腊决定放弃牧场的，布鲁诺妥协了，甘愿破产。这不重要。在母亲告知我这些消息所写的信里，她的语气不仅仅是伤心，而且惊恐不安，我明白母亲现在是害怕布鲁诺会发生什么事。"他失去了一切，"她写道，"他变成孤身一人了。你能做些什么吗？"

在做我在尼泊尔从未做过的那件事之前，我把母亲的来信读了两遍：我从计算机旁站起来，要求用一下电话。我走进一个电话间，拨了意大利的区号和布鲁诺的电话号码。这是加德满都的一个地方，这里的人似乎总是在消磨时光。老板正在用餐，吃的是米饭和红豆，一个老人坐在一旁看着他，两个小男孩窥视着电话间，想看我在做什么。电话铃声响了五六下，我开始以为布鲁诺不会应答；我十分了解他，他会把电话扔到树林里，决心不再听任何人说话。不过恰恰相反，有一种跳闸的声音，一阵遥远的忙乱混杂声，以及一种被干扰的声音说道：“喂？”

“布鲁诺！”我叫喊道，“我是彼得罗！”

男孩子们听到我用意大利语大声喊着，就哈哈大笑起来。我把话筒贴在耳朵上。迟到的洲际通话增添了另一种类型的迟疑犹豫，而后，布鲁诺说：“对，我盼望是你。”

他不愿谈及他与拉腊之间发生的那些事情。然而，反正我自己也可以想象得到。我问他过得怎样，打算做什么。

他回答说：“我挺好。我只是累了。他们把高山牧场要走了，你知道吗？”

“我知道。你怎么处理奶牛的？”

“噢，我把它们给人了。”

“阿妮塔呢？”

“阿妮塔跟拉腊去她家了。她们那里有地方。我听到她们的消息，她们挺好。”

而后，又补充道："你听我说，我想问你一件事。"

"你说。"

"我能否用你在山上的那所石屋，因为目前，我不知该上哪里待着好。"

"可你愿意去山上吗？"

"我不想见人，你知道他们是怎样的。我想在山上待一阵子。"

他说的正是"山上"。在加德满都的一个电话间里面听见他的声音，真是很奇怪，一种听起来嘶哑又失真的声音，我费好大的劲儿才辨认出来，不过，在那个时刻，我知道是他。是布鲁诺，我的老朋友。

我说道："当然可以，你愿意在那里待多久都行。那是你的家。"

"谢谢。"

还有另一件事情我得说，不过，很困难。我们之间既不习惯请求帮助，也不习惯提供帮助。我直截了当地问道："听着，你愿意我来你那里吗？"

在其他的时候，布鲁诺会立刻回答我，让我待在我所在的地方。而这一次，他沉默了。而后，当他回答时，用了一种我从未听到过的语气。带些讽刺，也有些无奈。

他说："嗯，那该多好啊。"

"那么，我收拾一下东西，这就来，好吗？"

"好的。"

那是十月份的一个后半晌。我从电话间出来，这时城市上空已降下夜幕。在世界的这个地方，街道没有灯火通明，黄昏时分人们都急匆匆地回家，像是感到一种对即将来临的夜晚的忧虑。外面有狗儿、尘土、小摩托车，躺在路中央阻碍着来往交通的一头奶牛，前往饭馆和旅馆的旅游者，夏末晚上的微风。可是在格拉纳冬天却已开始，而我想着，我可从未见到过一个冬天啊。

12

　　格拉纳峡谷在十一月中旬受到干旱和冰冻的侵害。它呈现出赭石色、黄沙色和陶土色，好像牧场上发生过一场火灾，刚被扑灭似的。树林里还燃烧着熊熊大火：举目仰望，山腰上落叶松金色和紫铜色的火焰，映照着杉树的深绿色，温暖着人的心灵。在下面的村子里，却笼罩着阴影。阳光照射不到峡谷的尽头，脚底下的土地是坚硬的，到处被一层霜覆盖着。当我俯身喝酒时，在木板小桥上看见秋天正在对我的山溪施展一种魔力：冰雪形成了滑梯和隧道，润湿的岩石变成了玻璃板，把一簇簇干枯的青草圈起来，把它们变成了雕塑。

在往布鲁诺的高山牧场攀登时，我与一伙猎人相遇。他们穿着迷彩上装，脖子上挂着望远镜，但没有带猎枪。我觉得他们不是当地人，不过，也许秋天里，人的脸也变了，我才是闯入者。他们用方言在讨论，见到我时，就安静下来了。他们看了我一眼，估量了一下，没有在意就走过去了。过了不一会儿，我就发现了他们隐蔽在哪里：在上面的高山牧场里，当初我和布鲁诺在晚上坐过的长凳旁，我找到了熄灭的烟头，以及一包卷起来的香烟。他们应该是一清早就登上山，从这个特别的观察点研究树林。布鲁诺在离开牧场时，留下的一切都井井有条：牛棚的大门上了闩，护窗板关上了，木柴堆放在屋子的一旁，把饮水槽翻倒靠在墙上。他甚至还撒完了牛粪，现在发黄的牧场上，牛粪都干了，没有臭味了。我觉得这只是一个准备好过冬的高山牧场。我驻留了片刻，回想起当初充满生命气息的喧闹的牧场，那是我最后一次来访的时候。就在这寂静的时刻，从峡谷的另一个坡面响起一阵野兽的吼叫声。我曾有不多的几次听见过这叫声，不过，只要听到过一次，就永远能辨别出它来。这是一种强有力的吼叫声，发自喉部的发怒的吼声，是雄鹿为了吓唬恋爱的对手发出的声音，尽管当时已过了繁殖期。也许这头雄鹿就是发怒了，没有别的。于是，我就知道了，那些猎人来寻找的是什么。

过后不久，在湖边又发生了类似的情景。太阳刚从格雷诺山峰上方露头，温暖着朝阳的那片石头山地，不过，山坡下的水湾在这个时辰还留在阴影之中：水面上已结了一层冰，形成了一种发光的深色的半月形。当我用棍子碰触冰层时，冰太薄，立刻就碎了。我从水中捡了一块冰，把冰块举起，想透过它眺望，就在那一刻，我听见电锯的启动声。只听得谁踩了两下油门，而后是锯刀咬住木头的刺耳响声。我举目仰望，想知道声音来自何处。在半山坡上有一片落叶松，生长在"奇崖小屋"上方不远处的一个小平台上；有一棵赤裸的死去的灰色树干，突显在其他黄色的树冠中间。我听到电锯两次插入木头中。在围绕着树木转动时，电锯停息了片刻，然后，刺耳的响声音量倍增。死去的落叶松树冠晃动了一下。我见它缓缓地折下了腰，最后猛然倒下了，伴随着落下时树枝折断的巨大响声。

＊＊＊

　　"你要我对你说什么，彼得罗，事情很糟糕。"那天晚上，布鲁诺对我说道。他耸了耸肩膀，为了让我知道，对此他没别的可以补充了。他喝着在炉子上热过的一杯咖啡，望着室外：下午五点钟，外面天已经黑了。屋子里点着蜡烛，现在我们的小磨坊由于干旱而停止运转了：我看见那儿有整整两包白蜡烛，与玉米粉袋放在一起，还有最近产出的几块奶酪、一些罐头食品、土豆和葡萄酒厚纸盒。这不是一个要匆忙下去取东西的地窖。上个月，自从我们通了电话后，布鲁诺作了贮备，且以他的方式拟定了举哀悼念的仪式——高山牧场经营惨淡，跟拉腊的事情也告吹了——他谈论着这些，或者避而不谈，在时间上，以及在他的思绪之中，仿佛那已是遥远年代里的事情。与其说是回忆，倒好像他更愿意把它们全忘了。

十一月份那些日子我们是在准备冬天的柴火中度过的。早上我们研究山坡上有哪棵树死去了，就上去把它砍倒，除干净树枝。布鲁诺用电锯磨光了树干的顶端，然后，花费了许多时间使劲把它拖到家。我们用一根粗绳捆住树干，用胳膊的劲儿把它往山下拉。我们建成了一些滑梯，穿过树林，用旧木板当作横木，在树干会沿着斜坡滑出去的地方，用堆积起来的树枝当作栏杆；不过，无论怎样，树干迟早会在一处障碍物上搁浅的，那时候我们就不得不费死劲地把它从那里移开。布鲁诺咒骂着它。像樵夫抢起手中的小锄似的抢起镐头，再用杠杆撬动树干，让它滚动半圈，先在一边儿试，而后又在另一边试，嘴里骂骂咧咧的，最后，他扔掉镐头，又捡起电锯。我曾一直欣赏他干活的方式，以及在使用任何工具时所现出的那种帅气，可现在再也不见一丝当初的痕迹：他怒气冲冲地启动电锯，充满了气，加上了瓦斯，有时汽油当即就耗尽了，他就想把电锯也扔了，最后，把树干截成几段，这样，问题就解决了，尽管这时候我们还是得跑上好几趟，把树干运回家去。而后，我们就用斧头和楔子把树干劈开，一直干到晚上。铁器碰在铁上的声音在山间回荡，布鲁诺敲击发出的响声更猛烈、更响亮、更生硬，当我替换他时，我敲击的声音却微弱、不协调，直到听得一下破裂声，树干裂开了，我们就结束了用斧子劈树的劳动。

格雷诺山上还没有很多雪。那里的雪比一层霜稍厚一些，能让人分辨出石子山地和灌木丛、崖壁上的突出处和岩石的高地。不过，临近月底，来了一股寒潮，气温骤降，一夜之间，湖面就结冻了。次日清晨，我下去看看：靠近湖岸的地方，冰变得不透明，呈灰白色，充斥着无数小气泡，随着视线的远去，渐渐变得更明亮发黑。我用棍子都无法划破它，于是冒险在湖面上行走，发现冰撑得住我。当听到从湖底深处传来一阵轰隆声时，我才走远几步，遂立刻逃回湖岸。一旦到了安全之地，我就又听到了：那是一种沉闷的隆隆声，像是一种震颤的军鼓声，以一种十分缓慢的节奏重复着，也许是每分钟响一下，也许不到一分钟，一定是水流声，不可能是别的，它从下面冲击着冰面。随着白天的来临，它像是要用肩膀挤推，要捅破它被封闭在其中的坟墓似的。

夕阳西下时，开始了无穷无尽的夜晚。夕阳映红了峡谷尽头的地平线，仅仅只过了几分钟，黑夜降临了。而后，直到睡觉前的时刻，那是晚上七点、八点、九点，光线就不再变化。我们在炉子跟前默默地度过那些时辰，耀眼的炉火，每人一支蜡烛用来阅读，还有葡萄酒，它是我们必须不能中断的晚餐唯一的消遣。我用各种可能的方式烧土豆，在那些日子里，煮的，烤的，炭火上烘焙再用黄油煎，用奶酪在炉子上过——我把蜡烛放在平锅子旁，以便看清楚土豆是否熟了。我们十分钟之内就吃完了，而后，我们还得熬过两三个小时默默地守夜。事实上我是在期待着某种事情——我也不知道是什么——那是并没有发生的：我是从尼泊尔来帮助我的朋友的，而现在我的朋友似乎并不需要我。如果我向他提出一个问题，他就会用笼统的回答打发掉，把每一次可能的谈话在一开始都熄灭了。他可以看着炉火度过一个小时。只是不时地，在我想不到的时候，他说起话来；但是，他像是在接着说开始了一半的话，或者大声地随着他的思绪说着。

一天晚上，他说："我曾经去过一次米兰。"

"是吗？"我问道。

"不过，那是很久以前的事情了，当时我二十一岁。有一天，我跟头儿吵架了，就辞去了工地的工作。我整个下午都没事儿干，我说，现在我去米兰。我驾上车，走的高速公路，到时已是晚上了。我想在米兰喝杯啤酒。我在头一家酒吧就下了车，喝了啤酒，然后就回来了。"

"那时米兰怎么样？"

"嗯，人太多了。"

然后他补充道："我也到过海边。读过所有那些书之后，有一次我去了热那亚，我见到海了。我车上有一条被子，在车里睡的觉。反正家里也没有人等着我。"

"那大海怎么样啊？"

"像一个大湖。"

就是如此的谈话，它们可以是真的，抑或不是真的，反正这些话不会传到任何地方去。我们所认识的人，总是在话题之外。仅仅有一次，他突然说道："晚上当我们坐在牛棚前，是挺美好的，对吧？"

于是，我放下正在翻阅的书本，回答道："是的，十分美好。"

"七月夜晚的到来，是以一种平静的方式降临的，你还记得吗？那是我更喜欢的时刻。然后，当我起身去挤奶时，天还黑着呢，她们俩还在睡觉，而我感到像是在夜间守护着所有一切，仿佛她们能平静地睡觉，是因为有我。"

他补充道："很愚蠢，是不是？然而，我就是这么觉得的。"

"我没有看到有什么愚蠢的。"

"的确愚蠢，因为没有人能够关心他人。关心自己，就已经是一件艰巨的任务。一个男子汉如果是能干的，就得总是能摆脱困境，不过，要是他总以为自己太过能干，结果就会遭殃。"

"能干就是成家立业吗？"

"对某些人来说是的。"

"那么，某些人就连儿女也不该生育。"

"不该生儿育女，确实是这样。"布鲁诺说道。

我在昏暗的光线中望了望他，竭力想明白他头脑里在想些什么。在炉火的映照下，他半边脸呈黄白色，另半边脸全是黑暗的。

"可你想说什么呢？"我问道；他不回答。他看着炉子，仿佛我不在那里似的。

我感到有一种难以忍受的情绪涌上心头，它驱使我在黑夜里出去，怀念原本可以与我做伴的香烟。我待在外面寻找不复存在的星辰，问自己回来是干什么的，一直到我发现自己在发抖。于是我回到屋子里，温暖的、黑洞洞的、烟雾弥漫的屋子。布鲁诺没有挪动过身子。我站在炉子前暖了暖身子，然后就上楼，把自己裹在睡袋里。

第二天清晨，我第一个起来。我不想分享阳光下的这间屋子，于是，我没喝咖啡，出去转了一圈。我下去看湖，发现湖面上笼罩着一层夜间的霜，寒风把它刮得到处都是：风儿掀起一阵又一阵白霜，散发出一股股寒气，盘旋而上，在片刻之间产生又消逝，就像不安的幽灵。霜底下的冰是黑色的，好像是石块做成的。我站在那里眺望时，一声枪响在峡谷里回荡：枪声从一面的山坡反射到另一面山坡，很难弄清是从哪里发出来的，是从下面的树林里，抑或是从上面的山顶。不过，我本能地往高处寻找，环顾布满石头的山地以及悬崖峭壁，想捕捉什么动静。

当我回到"奇崖小屋"时，看到两个猎人在与布鲁诺谈话。他们持有现代武器——高精度的瞄准器。忽然，两个猎人中的一个打开了行囊，把一只黑色的口袋放在布鲁诺的脚边。另一个猎人发现了我，向我点头示意，于是，我把那种示意与家庭的另一些事情联系起来，我明白这两个来者是谁了，是布鲁诺的表兄弟，当初他就是从他们那里买下的高山牧场。我已经有二十五年没见到过他们了。我不知道他们与他还有联系，也不知他们是怎么在山上寻找到他的；然而，谁知道还有多少其他的事情——我都想象不到的有关格拉纳的事情。

他们离去之后，从黑色的口袋里露出一只死羚羊，已经开了膛。当布鲁诺把它的后腿挂在一棵落叶松树的树枝上时，我看到那是一只母羚羊。它有耐冬的深颜色的毛皮，背部的中央有一道浓密的黑线条，嘴巴耷拉到细脖子上，已经没有气息，两只小羊角好似钩子。在早晨的严寒里，腹部的裂口还在冒着一点儿热气。

布鲁诺去家里取了一把小刀子，在着手干活之前，仔细地磨好刀刃。而后，他准确而又有条不紊地切割，好像他一生中没干过别的：先从后胫骨周围割开羊皮，然后沿着大腿继续往下割，直到腹股沟，在那里两个刀口重合。接着，又回来向上，从胫骨掀开一块皮。他放下刀子，用双手揪住那块皮，使劲往下扯，先剥光了一条羊腿上的皮，然后又剥光另一条羊腿。羊皮底下有一层白色黏糊的东西，那是羚羊为冬天积聚的脂肪，而在脂肪下面，可以瞥见玫瑰色的羊肉。布鲁诺重又拿起刀子，在其胸部切开一道口子，沿着前腿另又切开两道口子。他重又抓住现在悬挂在背部中央的羊皮，并且使劲往下扯。为了把羊皮从肉上撕下来，得用不少力气，不过，他用的力气更多，他把打从我跟他一起在那儿干活时身上的那种怒气也用上了。整张羊皮全撕下来了，活像一件衣服似的。他用左手抓住羚羊的一只角，用刀子在颈椎之间捣鼓，我听到了一种碎裂的咔嗒声，羚羊的脑袋连同羊皮一起脱离了颈脖。布鲁诺把羊皮铺在草上，皮毛朝地，皮朝上。

　　现在羚羊看上去好像很小。剥去了皮、割下了脑袋之后，不再像是一只羚羊，而只是羊肉、骨头和软骨了，一种挂在超市冷冻柜里的那种骨架子。布鲁诺把手伸进羚羊的胸腔里，先掏出心、肺，然后把骨头背朝上翻过来。他用手指帮忙，沿着脊梁骨寻找肌肉的纹理，再轻轻地一刀，把肌肉切开，然后，把刀子插进去，把肉剔出来。切开的羊肉现在呈深红色。他割下来两长条里脊肉，深色的，还血淋淋的。他的手臂上也沾着鲜血，我实在看不下去了，不再待在这里看那种屠宰的场面。最后，我只看见羚羊的骨骼悬挂在树枝上，已经所剩无几了。布鲁诺把骨头从树上取下来，把那一小堆骨头扔到铺在地上的羊皮上，把它们包起来，带到树林里埋起来，或者藏到某个洞里。

没过几小时，我对他说我这就要走了。在饭桌上我试着继续谈头一天的话题，不过，这一次的方式比较直截了当。我问他是怎么考虑跟阿妮塔的关系，有关女儿的事他与拉腊怎么说好的，他圣诞节是否打算去找她们。

"圣诞节我不打算去。"他回答说。

"那你什么时候去呢？"

"我不知道，也许春天吧。"

"是啊，或许夏天？"

"你听着，那有什么区别吗？她跟着母亲过更好，不是吗？莫非你想让我把她带到这里来，跟我过这种生活？"

他说"这里"时，与往常一样的口气：仿佛在他的山脚下有一条看不见的界线，一道仅仅为他竖立的墙，阻碍他通向世界其他的地方。

"你兴许可以下山去，"我说道，"也许你应该改变你的生活。"

"我？"布鲁诺说道，"可是贝里奥，你还记得我是什么人吗？"

是的，我记得。他是放牛的牧人、泥瓦匠、山里人，尤其他是他父亲的儿子：他就像他父亲似的，将会消失在他女儿的生活之外，就是如此。我看了看眼前的盘子。布鲁诺烧了猎人们常吃的一道美味佳肴——用洋葱和葡萄酒烧的羚羊心和肺，不过，我只是品尝了一下。

"你不吃？"他失望地问我。

"对我来说味道太重了。"我回答道。

我推开了盘子，补充说："今天，我下山。我有点工作上的事要处理。也许在我启程之前回来向你告别。"

"是的，当然。"布鲁诺说道，没有看我。连他也不会相信。他端起我的盘子，打开了门，把剩下的食物倒在外面，喂给那些鹿和狐狸吃，它们的胃口不像我的胃那么弱。

***

在十二月份，我决心去找拉腊。一天，下着点儿小雨，我进入她的山谷，那是滑雪季节之初。那里的景色与格拉纳小镇没有很大的区别。我驾着车，心想，所有的山脉从某些方面来说都挺相似，不过，那里没有任何东西可以使我回忆起我自己，或者使我回想起某个喜欢过的人，而区别正好就在这里。一个以它的方式保存着你的历史的地方。如同你每次回去可以重新阅读它。于是，世上只能存在一座山，在你生命之中，相比之下，其他别的山，都只不过是小小的山峰，更不用说，与喜马拉雅山相比了。

在峡谷的顶端有一个小小的滑雪区。一共有两三处设备装置，就是那些因为经济危机和气候变暖而越来越难以生存的设施。拉腊在一家有阿尔卑斯山区风格的餐馆工作。餐馆位于索道的起点，看起来就像牧人住的小房子。她穿着女招待员的围裙前来拥抱我，脸上带着一种难以掩饰的疲惫的微笑。拉腊是那么年轻，才三十出头，然而，却早已经过着一位成熟女子的生活，而且明显可以看得出来。四周很少有滑雪的人，于是她征得另一位同事的允许，过来跟我坐在座位上。

她边说边给我看阿妮塔的一张照片：一个金黄色头发的小女孩，瘦削的脸，微笑着，拥抱着一条比她还要大的黑狗。她告诉我说女儿已报名入幼儿园一年级了。说服她适应某些规矩相当不容易，开始她简直是一个野女孩：不是跟人吵架，就是大喊大叫起来，或者坐在一个角落里，整整一天都不说话。现在，也许她慢慢地变得比较文明了。拉腊笑了。她说："不过，她最喜欢我把她带到某个奶牛场去。是的，在那里她感到像是在自己家。她让小牛舔自己的手，你知道是用它们那粗糙的舌头舔的，而她却毫不惧怕。她跟山羊和马儿在一起也一样。她跟所有的动物都能相处。我希望她不要改变这种习性，而且永远不要忘记。"

她停下来喝了一口茶。我看见她抓着茶杯的发红的手指，手指甲全部磨光了。她环顾饭馆的四周，说道："十六岁的时候，我就曾在这里工作，你知道吗？整个冬天，周六与周日，当我的朋友们都去滑雪的时候。真可恨。"

"这里并不是一个令人憎恶的地方。"我说道。

"是的，这地方不错。可我没想过会回来。正如人们所说：'有时候，为了往前走就需要往后退一步。如果你能谦卑地承认这一点，往往就是这样。'"

现在她谈到布鲁诺。我们一进入这个话题，她的情绪就低落起来，有关他的谈话很是严酷。两三年之前，她说，当农场明显支撑不下去时，他们尚有解决问题的办法：把奶牛卖掉，把高山牧场出租出去，两人在镇上找一份工作。他们很快会雇用布鲁诺在工地或牛奶制品厂抑或甚至在滑雪道上干活。拉腊可以当售货员或招待员。她已准备好作这样的选择，过一种正常的生活，直到形势有所好转。可布鲁诺根本不感兴趣。在他的头脑里，不可能存在别的生活。而拉腊突然间明白了这一点：无论是她，或是阿妮塔，以及那她曾认为与他一起在山上建立起的一切，对于布鲁诺来说，都远不如他的大山来得重要，那是真正对他有某种意义的东西。当她明白了这一点，对她来说，故事就已经结束了。那天以后，她开始想象一种远离那里的未来，与女儿一起，一种没有他的未来。

她说："有时候，爱情会慢慢消耗尽的，而有时候却会突然死去，是不是这样？"

"可我对爱情一窍不通。"我回答道。

"啊，是的，我忘了。"

"我去找过他。现在他在山上的石屋里。他就待在那里，不愿意下山来。"

"我知道，"拉腊说道，"最后的山里人。"

"我不知该怎么帮助他。"

"让他去吧。你无法帮一个不愿意得到帮助的人。他愿意待在那里就由他去吧。"

她这么说着，然后看了看表，跟柜台上的女同事交换了一个眼色，并站起来干活儿。拉腊当着她的女招待；我回想起她当初淋着雨看守奶牛时的情景，她自豪地一动不动地站立在雨中，撑着她的黑伞。

"替我问阿妮塔好。"我说道。

"她二十岁之前你来看她吧。"她说道，然后拥抱了我，比刚才更亲密。在那种拥抱中，蕴含着某些在她的言语中所没有的东西。也许是一种感动，或者是一种怀旧。当第一批滑雪者像外人似的戴着防护帽、穿着滑雪衫和塑料的滑雪鞋来饭馆进午餐时，我走了。

***

十二月底，一场漫天大雪骤然降临。圣诞节那天，甚至米兰也在下着雪。午饭后，我从窗口往外望去，儿时的林荫大道上很少有车平稳地行驶而过，有几辆车在绿灯时急驶而过，塞在了交叉路口。有些孩子在堆雪球。埃及的孩子们先前也许从未见过雪。四天以后，有一架飞机将会把我带到加德满都，不过，我现在不想尼泊尔了，在想布鲁诺。我仿佛觉得自己是唯一知道他在山上的人。

母亲走近靠着窗口的我。她邀请女友们共进了午餐，在饭桌上，她们微带醉意地聊天，等着吃甜品。家里的气氛相当欢快。有她每年都用青苔做的耶稣诞生的马厩，那是夏天里她在格拉纳镇采集来的，还有红色的桌布、香槟酒和做伴的朋友们。我曾经不止一次地妒羡她结交朋友的才能。她丝毫不想独自一人悲凉凄楚地老去。

她说："在我看来，你应该再试一试。"

"我知道，"我回答说，"不过，我不知是否有用。"

我打开窗户，把一只手伸到外面。我期待有一片雪花落在我的手掌上：手掌已经湿了，沉甸甸的，雪花一接触皮肤立刻就融化了，然而，谁知道海拔两千多米的高山上会怎么样。

于是，第二天，我买了高速公路上用的轮胎防滑链条，而且在山谷的头一家商店里买了一双滑雪鞋。我尾随着从米兰和都灵上山去的车队。几乎所有车子的货物架子上都放有滑雪板：过了拮据的冬天，滑雪者纷纷奔向大山，就像去重新开张的露天游乐场。没有一辆车在交叉口拐弯去格拉纳镇。我只须拐很少几个弯就可以不再见到人，然后，当道路往悬崖峭壁那边拐弯时，我就又重新进入原来的老天地了。

雪堆积在牛棚四周和树枝搭成的干柴垛上；拖拉机上面、棚屋的钢板上、小推车上和粪堆上全都是雪；废墟上也布满了雪，几乎把废墟掩盖住了。村里有人在房屋之间铲出了一条小路，也许就是我看到的那家屋顶上的两个人铲的雪，他们正从那里把雪往下扔。他们抬起了头，而我懒得跟他们打招呼。我们把车子停在稍远的地方，铲雪机就停在那里，或者也许是屈服了，它腾出了足够的空间往回掉头倒过去。我戴上了手套，因为我的手指头早有点儿冻僵了，但我毫不在乎。我看了看脚上的鞋子，跨过堵住了道路的结冰的雪墙，然后，来到更前面刚下过雪的地上。

我花费了四个多小时才走完一条上山的小路，在夏天，只需花不到两个小时。即便穿着滑雪鞋我也几乎一直陷到膝盖处。我凭记忆走着，凭直觉从山脊和斜坡的形状、从挂着积雪的云杉树之间明显的缝隙中寻找上山的路线，没有任何痕迹可以跟随，也没有我在地上留下的标记。积雪淹没了高架索道的断壁残垣、从牧场挖掘来的石子堆以及老落叶松的根株。山涧也只剩下松软的堤岸之间的一片凹地。我可以从任何一处刚下的雪面跳过去，朝前摔在胳膊上，没有任何疼痛。山涧另一面的坡度增大，每走三四步就往下滑倒，造成我身后一次小小的雪崩。于是，我得把双手也用上，理好滑雪鞋，——它们就像抽了筋一样——毅然重新尝试。只是到了布鲁诺的高山牧场我才真正明白雪有多厚：牛棚的窗户只露出一半。不过，旋风把山头那边的雪刮跑了，形成了一个一步宽的通道。我停下来喘了口气。在那短短的一段路上，青草都枯死了，呈现石头墙似的灰色。没有亮光，除了白色、灰色和黑色，没有任何别的色彩，天继续下着雪。

当我抵达山上，发现湖面消失不见了，跟四周其他一切事物一样。仅仅只有一片积了雪的凹地，山脚下只见一片广袤无际的松软的雪地。于是，那么多年来，我第一次径直穿过山湖朝石屋的方向走去，而不是围绕着湖的周围转。我行走在湖面上，有一种奇特的感觉。当听到有人叫喊，我已走在半路上了。

"嗨！"我听见了，"贝里奥！"

我抬起双眼，看见布鲁诺出现在斜坡很高的地方，一个树木高度之外的小小的身影。他挥动着胳膊，我一跟他打招呼，他就往下冲，于是，我明白了他脚上有滑雪板。他横着下来，大步迈着腿，没有任何风格，完全像夏天里在雪原上那样。他还伸开手臂，俯身前冲，勉强维持着平衡。然而，在最早的落叶松前面，我见他转向一边，毅然急转弯，躲过树林往高处穿行，一直到格雷诺山的大裂缝处，并且停留在那里。夏天，这条山缝里流淌着涧水，可现在成一个宽阔的积满雪的滑梯了，它沿着岩缝直接下来，一直无障碍地通到湖边。布鲁诺估量了他剩下的路段的坡度，然后滑雪板冲向我，果断地又往下滑了。在裂缝中他马上加快速度。如果他摔跤了，或者跌倒在那里面，我不知道他会出什么事，但他站立在那里向凹地俯冲，在平坦的雪地上逐渐放慢速度，凭借惯性，一直滑到了我所在的地方。

他出汗了，微笑着。"你看到了吧？"他喘着粗气，说道。他举起了能有三十或四十年历史的一块滑雪板，好像是一件战争的残留物。他说："我下山去寻找一把铁铲，在我舅舅的地窖里发现了它们。我花了一辈子才在那里看见它们，我连它们属于谁都不知道。"

"不过，你学会滑雪了吗？"

"学了一星期。你知道最难的是什么吗？当你滑时，千万别看着树，要不然你肯定会撞个正着。"

"你疯了。"我说道。布鲁诺笑了，用一只手拍拍我的肩膀。他一脸灰白的长胡子，两眼透着欢欣的目光。他应该是减了体重了，因为身躯似乎显出从未有过的棱角。

"噢，圣诞节好，"他说，然后又说，"你过来，你过来。"好像我从那里路过，我们偶然碰上似的，而且仿佛我们应该为这种幸运干杯。他脱去滑雪板，把它们背在肩上，沿着他作为滑雪者多次练习留下的踪迹，往上走，给我带路。

当我见到岩石中被高高的雪堆围起来的我们那间小屋时，几乎有些怜悯。布鲁诺已把屋顶的积雪铲除了，并且在房子周围挖出一道壕沟，那条沟通向大门口前面一片空地。一走进房子里，我就仿佛掉进了一个巢穴。我觉得里面很暖和，很舒适，比平时充实而又零乱。窗户现在封上了，除了窗玻璃外面白色的层层积雪，没有什么可观察的。我几乎还没来得及脱去衣服坐下来就餐，就听见有某种东西掉落在屋顶的板条上，发出"扑通"一声沉闷的响声。我本能地往上看，生怕塌落在我头上。

布鲁诺笑了起来。他说："那一次你把房梁钉得很牢固呢！现在我们看看屋顶是否撑得住，嗯？"

那沉闷的响声不断地传来，而他却根本不予理会。当我也习惯了这响声时，就开始注意起屋子里的变化。布鲁诺放上了更多的托座隅撑，在墙上插了一些钉子，把他的书本、衣服和工具塞满了屋子，赋予了屋子一种有人居住的样子，这是我在这里时从未有过的。

他斟了两杯葡萄酒，对我说："我得请你原谅。那一次事情搞成那样，我很遗憾。你回来了我很高兴，我本来不抱希望了。我们还是朋友，是不是？"

"当然。"我说道。

当我开始放松时，他又拨了拨炉火。他拿着深底的圆铜锅出去，回来时盛满了雪，把雪融化后做了玉米粥。他问我晚餐是不是吃点儿肉，我对他说，走完了那艰难的路途，我吃什么都行。于是，他拿出腌过的几块羚羊肉，仔细清洗过后，把它们放在锅里用黄油和葡萄酒烧煮。当水在铜锅里烧开时，他往里面扔了几把黄色的面粉。他又取出一公升红葡萄酒，为了在我们等待的同时陪伴我们。喝完头两杯酒，当屋子里散发着浓烈的野味儿时，我也开始感到很舒心。

布鲁诺说："当时我很恼火。而且更让我恼火的是我不能跟任何人生气。事实上是我错了，并不是谁骗了我。可我怎么就想当农场主呢？我对金钱一窍不通。我就该为自己安置个像这样的小房子，带四条奶牛上山放牧，从一开始就这样生活。"

我待在那里听他说。我明白他已考虑了好久，而且已经找到了他所寻找的答案。他说："一个人应该按照生活教会他的那样去做。谁知道，也许在自己还很年轻时，还可以选择改变道路。然而，人到了某种时刻，就得停下来，说：'好，这个我有能力去做，那个我做不来。'于是，我问自己：而我呢？我有能力在山上生活。你把我单独放在这山上，我能凑合着过。这已不容易了，你不信吗？不过，眼看我就到四十岁了才发现这样做是值得的。"

我已精疲力竭，正在适应葡萄酒的热度，尽管我不赞同他的看法，但我乐意听他这么说。在布鲁诺身上，有某种纯粹的东西总是吸引着我。从我们还都是孩童时开始，我就欣赏他身上的某种完整而又纯净的东西。这一刻，在我们一起建造的小房子里，我几乎倾向于相信他是有道理的：对他来说，这就是他生活的正确方式，独自在深冬的日子里，除了一点食物、他的双手、他的思绪，就没有任何别的了；虽然对于任何他人来说，这样的生活会是野蛮残酷的。

是大山从这种遐想中唤醒了我。再晚些时候，我们用晚餐期间，我听到了屋顶上传来的一种与惯常的沉闷响声不一样的声音。开始就像是一架飞机发出的隆隆声，或像是远处的一场雷阵雨，但很快就变成了眼前一声巨响，"轰隆"一声，震动了桌子上的杯子。我和布鲁诺相互对望，而在这时，我看到他并不比我更有思想准备，显得比我更惊恐。伴随着轰隆声，还有另一种声音，这一次是一种爆裂声，是某种碰撞后引起爆炸的声音，一声巨响之后，强度立刻就减弱了。于是，我们开始明白是雪崩。虽然发生在附近，但是在别的地方，不会威胁到我们。仍在崩塌一些物体，听得见一些更为微弱的物体掉落声，然后，骤然被打破的寂静很快就又恢复了。当一切都静止下来时，我们就走出屋子，想弄明白怎么回事儿，可已经是夜晚，没有月亮，除了漆黑一片，什么都看不见。我们回到屋子里，布鲁诺不想再说话，我也是。我们各自去睡了。不过，一小时之后，我听见他起来了，往炉子里扔柴火，独自斟酒喝。

清晨，我们从洞屋里出来，重又沐浴着降雪许久后的阳光。绚丽的阳光在我们身后，对面的大山下面的山坳在阳光下闪烁。我们很快看到夜间发生了什么：格雷诺的主要山缝，就是布鲁诺几小时之前沿着它下山的那条裂缝，雪崩泄下来了泥石流，从三四百米的更高处、山坡最陡峭的地方落了下来。积雪在跌落下来时，往深处挖掘，剥蚀了底下的岩石，带走了泥土和碎石。现在山上的沟壑像是一道深色的伤口。经过五百米的下落差，跌落在山坳里的泥石流具有劈开湖面上冰层的力量。那就是我们夜里听到的第二种响声。如今在沟壑的底部，已经没有一层松软的雪地，而是一堆污雪，以及一团团冰块，类似一根冰柱子。高山上的乌鸦在我们头顶上方盘旋着，停落在那边周围。我不明白是什么东西吸引着它们。那是一派令人恐怖而又魅人的景象。无须多说，我们决心下山到跟前去看个究竟。

乌鸦们分抢的猎物是鱼儿的尸体。在深深的冬眠中被击中的小鳟鱼，在又黑又稠的山水里被抛掷出去，然后摔在雪地上。天知道它们是否来得及发现什么。应该就像是一颗炸弹：从翻倒的碎片来看，湖上的冰层厚半米之多。冰底下的水已经开始冻结了。不过，这还是一层薄薄的、透明的、深颜色的冰层，是我在秋天看到过的。有几只乌鸦在争抢附近的一条鳟鱼，在这一刻，我感到有一种难以抑制的贪婪之心，于是，三脚两步走过去，一脚踢得它们飞跑了。雪地上如今只留下一摊玫瑰色的糊状物。

"天葬。"布鲁诺说道。

"你见到过类似的事情吗？"我问道。

"没有，我没见过。"他回答道。仿佛十分欣赏。

我听到了一架直升机的声音渐渐临近。那天早上，万里无云。在和煦的阳光照耀下，从格雷诺山的每一处突出的山鼻子都塌下来雪檐，而且从每道石沟都脱落下小小的泥石流。就像大山在开始摆脱那场冗长的降雪。直升机在我们头上飞过，没有发现我们，飞过去了。于是，我想起了我们当时离玫瑰山头才几公里远。十二月二十七日，在一个阳光明媚的早晨，刚下过雪。那是滑雪的最佳日子。也许，他们正在玫瑰山上实行交通管制。我从高处想象成排成行的车辆，拥挤的停车场，不停地转动的设备装置。而就在山脊的那一头，在阴影的那一面，两个男子停留在泥石流脚下的一片死鱼中间。

"我走了。"我说道，这是几个星期内第二次了。我尝试了两次，而眼看两次我都妥协了。

"对，我觉得你应该走了。"布鲁诺说道。

"你应该跟我一起下山去。"

"还要下去吗？"

我看了看他。他头脑里想起来什么，笑了。他说：

"我们从什么时候起就做朋友了？"

"我觉得到明年就三十年了。"我回答道。

"你试图让我从这里下去，也有三十年了吧？"

然后，他补充道："你不该为我担心。这座山从未让我感到过痛苦。"

对于那天早晨发生的事，我很少记得还有别的。我深感震惊和伤感，以致无法清醒地思考。我记得我迫不及待地想离开山湖以及身后的雪崩。不过，后来在峡谷里，我开始享受下山的路程。我又找到了头天我留下的痕迹，并且发现滑雪鞋让我在最陡峭的路段也可以大步跳跃着滑下山去，同时，新下的雪使我不致滑倒。甚至于坡度越陡，我越能往下冲刺，任由自己滑下去。我仅仅停过一次，在穿越山涧时，因为我想到了一件事，我想知道是不是真的。我在大雪覆盖的溪畔，在雪地中用手套挖。刚扒开雪底下，发现结成了冰，一层薄薄的、透明的冰块，我毫不费劲地敲碎了它。我发现这块冰层保护着一条水流。从小路上既看不到，也听不见，然而，它仍然是流淌在雪底下的我的山涧。

***

后来，二〇一四年的冬天出现在阿尔卑斯山西侧，于最近半个世纪下雪最多的日子里。到十二月底高山滑雪场的积雪厚达三米，到第二年一月底厚达六米，到二月底厚达八米。我从尼泊尔读到这些资料，难以想象高山上有八米厚的雪会是一番什么景象。那样的积雪足以掩埋树林，远超过掩埋一座房子的厚度。

三月的一天，拉腊写信给我，让我一有可能就给她打电话。后来她在电话中说布鲁诺找不到了。他的表兄弟上山去看他是否安好，但是他们发现，很长时间以来，已没有人为石屋铲过雪了，小房屋消失在积雪底下，岩壁勉强分辨得出来。表兄弟们请求了援助，由直升飞机运送来的一支急救小组把雪一直挖到露出屋顶。他们在屋顶板块里挖了个洞，指望能在床上找到突然感到不适而冻死的布鲁诺，就像有时发生在老山里人身上的那样。只是屋里没有人。四周也没有人，新近下过大雪之后，也没有见到有人经过的痕迹。拉腊问我是否有什么主意，因为我是最后见到过他的人。我说去地窖里看看，是不是能找到旧滑雪板。没有，滑雪板也没有。

阿尔卑斯山地救援队开始用狗搜集那一带地区，这样，连续一个星期我每天都给她打电话询问消息。不过，格雷诺山上的雪太大了，随着春天来临，就进入了最糟糕的泥石流季节。三月里阿尔卑斯山深受泥石流之苦，那年冬天发生的所有事故之中，死在山坡上的人数达二十二人，没有人会更多地关切一个失踪在他自己家上方一个峡谷里的山里人。无论是我，还是拉腊，都觉得没有必要坚持让他们再寻找了。他们会在解冻期间找到布鲁诺的。在盛夏季节里，他会突然从某个沟壑里冒出来，乌鸦会首先发现他。

"依你看，那是他本来的意愿吗？"拉腊在电话里问我。

"不，我不相信。"我撒谎说。

"你能理解他的，是不是？你们俩能相互理解。"

"但愿如此。"

"为什么有时候对于我来说，似乎从来都没认识过他？"

于是，我问自己，除了我之外，在这个世上，有谁了解过他呢？又有谁，除了布鲁诺，了解过我呢？如果对于任何一个别人，这是个秘密，那么，现在其中的一个人已不复存在，那个我们曾经分享过的秘密，还剩下什么呢？

当那些日子结束之后，对于我来说，城市变得令人难以忍受，我决定独自上山转一圈。喜马拉雅山的春天是一个阳光灿烂绚丽的季节：山谷的坡面上一片绿色的水稻禾苗，稍往高处，杜鹃花盛开在树林里。然而，我不想回到某个曾经认识的地方，也不想重新攀登任何回忆里的路程，于是，我选了一个从未到过的地区，买了一张地图，就出发了。很长时间以来，我都没有感受过探索的自由和快乐了。我偶然离开了小路，登上一个斜坡，抵达一处山脊，仅仅是出于好奇，想发现那里有些什么，最后出乎意料地停留在一个我喜欢的村庄里，在一条山涧的水坑之间度过了整个下午。这是我和布鲁诺上山时惯用的方式。我想在今后的岁月里，这也将是我用来保守我们秘密的方式。此时我想起了那个山上的"奇崖小屋"，屋顶上有个洞，这使得屋子不能再长久住人，不过，我觉得那房子也没有任何用处了——我从老远的地方这样思量着。

当我已经不再跟随父亲走在那些小径上很久之后，从他那里我领悟到了，在某些人生中，存在着无法回去的山。在我和他的生命中，不能再回到山里去——它是其他一切生命的中心，是自身历史的起源。而且对于我们这样，在第一座最高的山上失去了一位朋友的人来说，只能绕着八山漫游漂泊。